Des nuages, des oiseaux et les larmes des hommes

Isabelle VANDIEDONCK

Des nuages, des oiseaux et les larmes des hommes
16 nouvelles

"Je me sens chez moi dans le monde entier, partout où il y a des nuages, des oiseaux et les larmes des hommes." (Rosa Luxemburg - Lettre à Mathilde Wurm, 16 février 1917)

© 2020, BENARD – VANDIEDONCK

Edition : BoD - Book on Demand,
12/14 Rond-point des Champs Elysées, 75008 Paris
Impression: BoD - Book on Demand – Norderstedt,
Allemagne

ISBN: 9782322234455

Dépôt légal : juin 2020

Première partie- Les temps du confinement

Première partie- Des Corps de continuation

Corona conte

Jennifer ajusta son masque devant le miroir. Avec la capuche de son sweat et les lunettes noires qu'elle mettrait au dernier moment, son visage serait aussi bien camouflé que si elle portait une cagoule et elle n'aurait pas à craindre les éventuelles caméras de surveillance. Les us et coutumes de crise offraient cet avantage aux bandits. Elle émit un petit rire sardonique. Il ne restait qu'à espérer que Salma et Awa ne se dégonfleraient pas. Le soir tombait. *Entre chien et loup, l'heure des quatre-cents coups*, pensa la jeune femme. Une dernière vérification : attestations, sac à dos, bouteille de chloroforme, tout était prêt. Elle n'éteignit pas son ordinateur qui diffusait, à haut volume, un rap de combat. S'il y avait des traîtres parmi les voisins, ils croiraient qu'elle était chez elle. Elle referma délicatement la porte.

A l'air libre, Jennifer savourait son plaisir. Depuis le début du confinement, malgré les opérations d'exploration pour préparer l'action de ce soir, elle sortait peu. Dans sa cité aux grandes barres uniformes, aux appartements surpeuplés, l'enfermement avait, par moment, des allures carcérales : les mômes qui braillaient, les couples qui s'engueulaient, les télés qui déversaient leur flow dans toutes les langues. Et puis, il y avait ceux qui n'osaient plus sortir leurs poubelles et qui balançaient n'importe quoi par la fenêtre. Heureusement que ce n'était pas la peste qui frappait parce qu'avec les puces et les rats qui pullulaient, tout le monde aurait été contaminé en deux temps, trois mouvements, un peu comme si à l'heure du Corona virus, toute la cité se mouchait dans le même mouchoir... Les Grands Moulins abritaient un grand nombre de ceux que, reprenant la terminologie gouvernementale, on appelait *les héros de cette guerre*. On les voyait partir, à toute heure du jour car dans ces métiers, il n'y a pas d'horaire : aides-soignants, caissiers, éboueurs, livreurs,... A vingt heures, les habitants applaudissaient les soignants. Ce rituel agaçait Jennifer : *C'était au moment des manifestations pour réclamer des lits et du personnel qu'il aurait fallu les soutenir !* Alors quelques-uns, en une manifestation confinée, criaient, de leur fenêtre : « Du fric pour les hôpitaux ! » Djibril avait même initié des mini-concerts inter appartement. Ce n'était pas du goût de tout le monde et au bout de trois jours, il avait arrêté.

Quand Jennifer passa devant le bâtiment de Salma, elle siffla avec ses doigts pour appeler son amie, comme elles avaient l'habitude de le faire. Salma n'arrivait pas. Jennifer commençait à penser que sa meilleure amie, celle qui avait pourtant, la première, avancé l'idée de ce casse, était en train de la lâcher. Elle se rappelait les paroles de Salma sur Whatsapp :

— Tu vois, tous ces bourges qui se barrent au Touquet, à Deauville, dans leurs belles villas, c'est des déserteurs ! Tous ces crevards [1], ils fuient pour se protéger. Moi, je trouve qu'on devrait cambrioler leurs apparts pour les punir.

Jennifer avait trouvé cette proposition géniale.

— Je disais ça pour golri[2]. C'était nawak[3].

—Non, ma chérie. C'est de la bombe ! Ce sera notre combat à nous. On va les dévaliser ces salauds. Comment on va leur niquer leur race à ces bâtards !

Elles s'étaient enflammées. Jennifer avait réussi à se procurer des exemplaires d'autorisation de déplacement professionnel signés par la société de nettoyage Unett qui était chargée d'effectuer l'entretien de l'hôpital Necker à Paris. Elle était allée repérer les résidences de luxe et hôtels particuliers du septième arrondissement, à l'affût des bâtiments vides,

---

[1] *avare, égoïste*
[2] *rigoler*
[3] *n'importe quoi*

abandonnés de leurs habitants. Elle dut exclure ceux qui semblaient équipés d'un dispositif de sécurité trop sophistiqué. Finalement, elle jeta son dévolu sur un immeuble de la rue Vaneau.

—Putain, il est entièrement vide. Ils se sont tous fait la malle. C'est genre désert complet. Il y a que le gardien. Il suffit de l'endormir…

Elles avaient donc mis au point la revanche des petits.

Salma se pointa enfin.

—Tu foutais quoi ?, l'interpela Jennifer.

—Ma reum[4] me lâchait pas. Elle m'a trop vénère[5], là !

—J'ai cru que t'abandonnais.

— Tu as cru que j'étais genre une poucave[6] ? J'ai trop la seum[7] !

—Laisse tomber ! Awa nous attend.

Awa s'impatientait, deux blocs plus loin. Elle accueillit les deux autres, en leur reprochant leur retard. Son père allait la surprendre, lui qui rentrait du boulot à 21 heures.

— Zyva, qu'est-ce qui a maintenant ? On va pas se fritter pour que dalle, Awa. On y est, on y va.

---

[4] *mère*
[5] *énervé*
[6] *traître*
[7] *je suis dégoûtée*

Elles prirent le tramway, puis le métro presque vides. A la correspondance pour prendre la 13 à Saint Denis, alors qu'elles se dirigeaient vers la bouche de métro, Awa s'exclama :

—Gaffe, les filles, vla les keufs !

Des policiers, toutes armes dehors, effectuaient un contrôle. Les jeunes délinquantes tremblaient un peu. Elles savaient de quoi les flics étaient capables avec les racailles de leur genre. Les bavures, elles connaissaient, bien avant les gilets jaunes. Et s'ils détectaient la falsification des attestations, un tel crime enverrait les trois amies directement en prison. Lors de ses sorties exploratoires, Jennifer n'avait pas été contrôlée, elle ne savait pas si leurs documents tiendraient la route. Elles présentèrent leurs cartes d'identité et les justificatifs de déplacement.

—Vous allez toutes les trois faire le ménage à Necker ?, aboya l'un des policiers, suspicieux. C'était celui qui avait l'air le plus méchant qui avait pris la parole.

—Bin oui, on n'habite pas loin les unes des autres. On s'est fait embaucher ensemble et on va bosser ensemble, répliqua Salma.

—On covoiture, compléta Awa.

Jennifer lui fila un grand coup de coude dans le ventre.

—Et vos sacs, montrez-moi ce qu'il y a dans vos sacs.

Elles ouvrirent leurs sacs à dos et les tendirent aux agents. Jennifer avait pris soin de mettre le chloroforme dans un flacon de parfum.

—C'est notre casse-dalle, des gants, du gel,...

Il semblait dépité de ne pas pouvoir les coincer. Les deux autres policiers se montraient un peu contrariés par l'attitude de leur collègue.

—Laisse, tu vois bien qu'elles vont bosser.

—Oui, mais je trouve ça louche que trois voisines aillent faire le ménage au même hôpital, en même temps.

— C'est grand, Necker, objecta Awa.

—Elles t'ont dit qu'elles ont été recrutées ensemble. Elles s'arrangent pour faire les mêmes horaires. C'est plus rassurant pour elles ; on peut comprendre ça, affirma celle des trois flics qui était une femme.

—C'est exactement ça, Madame, répondit Jennifer.

—Allez, filez ! Bon courage, Mesdemoiselles.

Elles avaient eu chaud mais ça avait fonctionné. Elles restèrent silencieuses pendant tout le trajet dans la 13. La partie la plus délicate du trajet restait à parcourir. Direction 81 rue Vaneau. Il fallait faire vite parce que rien ne justifiait qu'elles se déplacent entre le métro Duroc et la rue Vaneau. Si elles se faisaient choper maintenant, elles étaient cuites. Les rues étaient mortes, aucun son ne sortait des immeubles aux volets fermés.

—On se couche tôt chez les bourges, chuchota Awa pour détendre l'atmosphère.

Comme elles arrivaient, Salma interrogea Jennifer.

—Comment on rentre maintenant ?
—J'ai le code.
—C'est de la balle ! Comment t'as fait ?
—Je t'expliquerai plus tard. Il y a un gardien. Il a pas fui, lui.

L'énergique meneuse sonna à la porte du gardien.

—Monsieur, Monsieur, y a le feu ! Sortez vite !

Elle avait préparé un foulard imbibé de chloroforme. Le pauvre homme eut à peine le temps d'ouvrir la porte qu'elle lui plaqua le foulard sur le visage et il se retrouva rapidement dans les bras de Morphée. Awa pénétra dans sa loge et s'assura qu'il vivait seul.

—L'immeuble est à nous ! Je prends les clés.
—Qu'est-ce qu'on chourave[8] ?
—Tout ce qui est reuch[9] et qui prend pas de place : bijoux, tablettes, lovés [10] si y en a, argenterie,…

---

[8] *vole*
[9] *riche, cher*
[10] *sous, argent*

Les filles s'en donnaient à cœur joie. Certes, les bourgeois avaient emporté la plupart des petits objets de valeur mais il en restait encore. Elles commencèrent par les étages du haut et redescendaient progressivement. Soudain, au troisième, catastrophe ! Une alarme se déclencha. Elle hurlait à tout rompre. Les filles, un instant pétrifiées par la panique, sortirent de l'appartement piégé et redescendirent les escaliers quatre à quatre.

Arrivées au premier étage, une porte s'ouvrit. Un vieillard aux cheveux blancs impeccablement coiffés, à la barbe taillée et vêtu avec élégance apparut, comme un fantôme dans le cauchemar provoqué par la sirène. Il avait les traits creusés et paraissait essoufflé, s'accrochant au chambranle pour ne pas tomber et garder malgré tout cette prestance distinguée qui, pour lui, devait être l'une des expressions de la dignité. Il leur fit signe d'entrer et d'une voix un peu chevrotante, il leur dit :

—N'enlevez pas vos masques, je suis peut-être encore contagieux.

En si mauvaise posture, les jeunes voleuses voulurent croire qu'il était inoffensif et allait les protéger.

—La police va arriver. Cachez vous dans mon cellier. Ils vont sans doute m'interroger, les enjoignit le vieil homme.

Elles patientèrent pendant plus de deux heures, dans cette minuscule pièce.

—S'il nous dénonçait ?, souffla Salma

—On aurait dû se casser, renchérit Jennifer, à voix basse mais rageuse.

—Sérieux, c'est trop zarbi un gros bourge qui nous planque !, reprit Salma.

—Ouais, tu vas voir, on va se faire pécho[11], à cause de ce poucave, conclut Jennifer.

—Moi, j'ai confiance, tempéra Awa. En attendant, regardez, y a plein de bouffe. J'ai la dalle, moi. Je prends un paquet de gâteaux. Vous en voulez ?

L'étrange bon samaritain les surprit en train d'attaquer sa réserve de biscuits.

—Ils sont partis. Vous êtes tranquilles.

—Pourquoi vous avez fait ça ? demanda Salma.

—Et vous, pourquoi vous avez fait ça ? lui répondit-il.

—Pour punir les déserteurs. Nous, on étouffe, enfermés à dix dans nos appartements sans balcon, nos frères vont au taf pour soigner, vendre ta bouffe et vider tes poubelles. Il y en a même qu'on oblige encore à faire les chantiers. Tout ça sans protection. Nos amis et nos vieux crèvent dans des hôpitaux saturés. Et eux,

---

[11] prendre

tranquilles, ils se la coulent douce dans leur résidence secondaire où ils respirent depuis leur jardin, le bon air marin et regardent les cerisiers fleurir. C'est dègue !

Jennifer crachait toute sa colère. Elle poursuivit :

—Alors, on a piqué des trucs dans leurs appartements vides pour partager comme on peut autour de nous. Ça donnera des sous à ceux qui ont même pas le chômage partiel, à ceux qui ont même pas d'ordi pour faire travailler leurs mômes. Ça donnera des sous à ceux qui ont même pas de quoi s'acheter à bouffer.

—Vous êtes les Robins des bois du Corona quoi ?, conclut le vieux.

—On est des filles, on vient d'Afrique et on vit en banlieue alors disons plutôt des Ismahane des villes. Mais le principe, c'est pareil ouais, dit Salma.

—Et vous, alors ?, insista Jennifer.

—Moi, j'ai attrapé le virus, il y a un mois, au tout début.

Il s'interrompit et précisa, sur le ton de la confidence :

—J'ai une bonne amie, très proche qui était au rassemblement des évangélistes où tout a commencé.

Il rougit un peu, comme si c'était honteux d'avoir une maitresse à son âge.

—Quand le confinement a été décidé, j'allais un peu mieux mais ce n'était qu'une trêve ponctuelle, un court répit. Ils ne le savaient pas : mon fils, ma belle-fille et leurs deux enfants, qui vivent avec moi, sont partis. Ils ont une grande propriété en Sologne. En fait, c'est à moi mais ils considèrent que c'est à eux et cela ne me gêne pas, à vrai dire. Ils sont partis. Là-bas, ils sont tombés malades aussi. Moins gravement que moi, il semblerait. Cependant, ils ont dû contaminer leur voisinage parce qu'ils se croyaient à l'abri et ils continuaient de sortir…

—Quels bâtards !, ne purent s'empêcher de s'exclamer les Ismahane des villes.

—Oui, c'est pas joli. Ils m'ont laissé des réserves : nourritures et médicaments. Mais bon, ils m'ont laissé, moi aussi. Alors, je suis un peu d'accord avec vous.

—Zêtes trop mortel !, dit Awa.

—Ouais je kiffe grave, ajouta Jennifer.

—Merci, Monsieur, conclut Salma.

—Je vais même compléter votre pactole. Venez, ouvrez vos sacs.

Il y déversa une bonne liasse de billets, un coffret qui devait contenir quelques luxueux bijoux, des bibelots d'or, d'argent et de bronze et deux micro ordinateurs portables. Les sacs étaient pleins à craquer.

— Dites Monsieur, vous avez pas besoin qu'on vous fasse des courses ou quoi ?

— Non, vraiment, ça va. En fait, une infirmière passe tous les jours. Restez encore un peu. Et puis laissez-moi votre numéro de portable, on restera en lien par Whatsapp.

Plus tard, on l'accusa de lâcheté, on prétendit qu'il avait été victime du syndrome de Stockholm. La police le gronda pour avoir menti et le menaça même de prison. Il décrivit ses agresseurs : trois gaillards au crâne rasé, baraqués et armés. On ne les a pas retrouvés. Parfois, les petits enfants de Monsieur Dubois-Delangle le surprenaient en train d'écouter du rap de combat…

Montreuil, le 4 avril 2020.

Confiné à mort

Le jour venait de se lever. Anna avait réussi à dormir quelques heures sur le canapé, tombée épuisée à ne rien faire d'autre que lutter pour tenir le coup, malgré le dégoût et malgré la folie qui commençait à gangrener son esprit. Vers minuit, assurée qu'il dormait profondément, elle avait pu fuir ses ronflements porcins et son corps humide de transpiration, quitter le lit pour se réfugier dans le salon. Comment en était-elle arrivée là, vampirisée par cet homme qui peu à peu lui volait tout.

Anna avait rencontré Matthieu au cours d'une soirée organisée par une amie. Il avait jeté son dévolu sur elle avec avidité, goulûment, animalement et elle s'était laissée faire. Bien qu'elle éprouvât pour lui une molle indifférence et qu'il évoquât plus, pour elle, une méduse ou une pieuvre qu'un fier étalon, elle se laissa glisser sans résistance dans ses bras tentaculaires. Elle n'avait pas baisé depuis plusieurs mois, depuis sa rupture avec le bel Adam et elle était prête à fermer les yeux pour un coup d'un soir. Il n'eut rien d'autre à lui proposer que de finir la nuit chez elle pour ça et il se révéla très moyen à l'ouvrage. Le lendemain matin, elle se sentit mouche au milieu d'une toile d'araignée : il s'incrustait.

—Je vais travailler, Matthieu.
—Bonne journée, ma chérie.
—Non, mais tu... tu vas pas rester là !
—Je vais faire quelques courses. Tu as entendu : on risque d'être confiné pour éviter la propagation du Covid 19.
—Oui, va t'acheter à manger et rentre chez toi. Moi, je vais me débrouiller, ça va aller.
—Je me douche et je file faire des provisions.

Quand elle rentra, il était installé devant la télé.
— Ça y est, c'est le confinement général, déclara-t-il.

—Il faut vite que tu retournes chez toi, le pressa Anna.
—Je suis chez moi, ici, avec toi, mon amour.
Elle n'en revenait pas. Elle prit peur.
—Je ne veux pas que tu restes.
L'idée de se retrouver enfermée, avec ce type trouble, pendant plusieurs jours la saisit de panique.
—Tu vois ce sac à dos que j'ai amené avec moi, reprit-il. Dedans, j'ai tout ce qu'il faut : vêtements de rechange, trousse de toilette, j'ai même trois boîtes de préservatifs pour pouvoir te

sauter autant que je veux, sans risquer de t'engrosser. Parce que je suis sûr que tu ne prends même pas la pilule, ma salope !

Il lui parlait maintenant d'une voix autoritaire, menaçante. Elle distinguait clairement dans ses yeux de la haine et une forme de folie dangereuse.

—Je vais appeler la police, se révolta-t-elle.

Il la gifla. Il l'entraina de force dans la chambre et la viola avec fureur.

—Maintenant, tu vas être sage. La police a autre chose à faire. On est en guerre.

Après avoir imposé sa présence, il installa sa domination sur Anna, surveillant ses faits et gestes et lui imposant un régime de terreur permanente. Il avait pris possession de l'appartement, de ses meubles, de ses livres, de son téléphone,…Heureusement, elle avait encore son boulot. Elle télétravaillait. Un jour, en réunion Skype avec sa collègue Hamida, elle avait tenté une échappatoire. Alors qu'elles contrôlaient ensemble l'arrêté des comptes de fin de mois, Matthieu écoutait de la musique dans la chambre et elle eut donc une possibilité d'alerte sur son sort.

—Hamida, j'ai peur. Il y a un homme qui s'est…

Elle éclata en sanglot.

—J'en peux plus, poursuivit-elle.

—Qu'est-ce qu'il t'arrive ? s'inquiéta Hamida. Elle savait qu'Anna avait travaillé sans compter ces derniers temps, elle n'avait pas pris de vacances à Noël et Hamida craignait que sa jeune collègue ne fasse un burn out.

—Il y a un homme qui…

Matthieu avait flairé l'embrouille et il avait rappliqué avant même qu'elle n'ait pu achever sa phrase.

—Qu'est-ce qu'il t'arrive, ma chérie ?

Il regarda l'écran.

—Bonjour, Madame. Ma femme est très fatiguée. Elle est épuisée, au bout du rouleau. Je la sens tellement vulnérable. Je me demande si elle ne couve pas quelque chose.

Il lui passa la main sur le front.

—Tu as de la fièvre, ma caille. Oh là là ! J'ai peur que tu ne te sois chopé le virus. Vous ne pensez pas qu'elle devrait se faire arrêter ?

—Ah oui, bien sûr. Elle doit prendre soin d'elle, se reposer. Il vaut mieux que tu t'arrêtes, Anna, acquiesça Hamida, décontenancée. De toute façon, on a fini.

—Tu vois, ma colombe. Tu n'as pas à t'inquiéter. On va prendre un rendez-vous avec un médecin en visio.

De main de fer, Matthieu avait pris le rendez-vous. Elle avait craqué devant le médecin car son tortionnaire ne la lâchait pas d'une semelle. Face à elle, invisible à la caméra, il contrôlait la consultation. Le médecin diagnostiqua une dépression, il lui prescrivit un traitement et lui donna un arrêt de travail de trois semaines. C'était la pire chose qui pouvait lui arriver. Elle se trouvait coupée du monde. Elle n'avait pas de nouvelles de sa mère puisqu'il s'était accaparé le téléphone et avait caché son ordinateur portable. Les jours s'étiraient, lourds, angoissants. Il commandait la nourriture en ligne. Il lui disait :

—Fais un peu de sport. Tu vas ressembler à une grosse vache.

Elle avait songé à appeler au secours, en criant par la fenêtre, mais on la croirait folle. Elle avait envisagé de s'enfuir, mais elle était chez elle : où irait-elle ? Avec le confinement, elle ne pouvait pas partir loin. Il ne la frappait plus, elle lui obéissait, elle n'essayait plus d'échapper à ses assauts quand il avait besoin de jouir en elle. Elle serrait les dents. S'il pouvait crever ! C'est ce qu'elle pensait quand, repu, il s'écroulait à ses côtés. Elle filait alors dans la salle de bain et essayait d'enlever de son corps toutes les souillures de ce monstre. Un soir, elle avait saisi les ciseaux, dans le tiroir de l'armoire de toilette et avait imaginé en faire bon usage…

Matthieu était là, il était partout.

Le jour venait de se lever. Elle avait épuisé ses dernières forces. Elle ne pouvait plus continuer. Le confinement était prolongé. Elle alla chercher les cachets prescrits par le médecin en ligne, des anxiolytiques. « Ne pas dépasser la dose prescrite ». Anna éprouva une forme de soulagement à envisager la fin de son calvaire. Elle se rappelait les instants heureux : Adam et elle, à la fête de l'huma, en septembre dernier. Ils avaient dansé sur Shaka Ponk, ils étaient un peu ivres et riaient sans arrêt. Elle repensa également à ses neveux : Lou et Jules. Elle avait promis de les emmener à la Tour Eiffel quand ils viendraient à Paris. C'était avant le Corona virus et avant Matthieu. Elle venait de vider le contenu du tube de médicaments dans une sous-tasse et elle écrasa les comprimés à l'aide d'un verre. Elle prit, dans le buffet du salon, la bouteille de whisky dont elle se servit un grand verre. Elle le but à petites gorgées. D'ordinaire, elle dédaignait le whisky, préférant s'enivrer avec des cocktails comme un bon mojito ou un gin tonic. Elle remplit, de nouveau, le verre et y déversa le contenu de la sous-tasse. Elle mélangea le tout, énergiquement. La tête lui tournait, sous l'effet de l'alcool.

Verre à la main, elle s'assit sur le divan. Elle sourit. Elle attendait un peu avant d'ingurgiter le breuvage mortel. Elle voulait encore goûter la vie, emporter pour la route quelques éclats des trésors du monde : des oiseaux chantaient. Miracle de la crise du Covid 19 : les moineaux étaient de retour. Par la fenêtre entrouverte, s'infiltrait le parfum des glycines de la maison voisine. Les cris des enfants terribles des locataires du dessous résonnaient déjà dans l'immeuble. Ils ne se fatiguaient plus, ne pouvant ni courir, ni dévaler la rue avec leur trottinette, ni disputer d'interminables matchs de football avec leurs copains du quartier. Ainsi, ils entamaient leur sarabande dès six heures du matin et ça durait jusqu'à vingt-trois heures. Elle n'avait même pas pu s'en énerver tant l'angoisse dans laquelle elle vivait sa cohabitation forcée et violente avait anéanti ses sens. Aujourd'hui, à l'approche de sa mort, elle percevait ces cris d'enfants comme une mélodie, la mélodie de l'insouciance. Un timide rayon de soleil habillait son intérieur aux couleurs du printemps. Elle imagina un bord de mer, un petit port breton où les derniers pêcheurs accostaient, les filets chargés de leur labeur.

Elle aurait aimé vivre, elle aurait pu être utile. Elle aimerait vivre, elle pourra être utile. Il fallait vider ce verre dans l'évier. Anna ferma les yeux. Soudain, un hurlement déchira sa quiétude.

—Quoi ? Tu bois mon whisky ! T'es malade ou quoi ? Tu crois pas que t'es déjà assez cuite comme ça ? Donne-moi ce verre !

Elle resta interdite. Il lui arracha le verre des mains et le but d'un trait.

Montreuil, le 12 avril 2020

Après

Madame Debruyne fêtait, ce jour-là, ses quatre-vingt-dix ans. Seule. Confinée. D'ailleurs, qui savait encore que c'était son anniversaire ? Ses enfants peut-être. Mais ils vivaient si loin et les contacts téléphoniques étaient comptés depuis qu'elle avait cassé son téléphone. Au quatrième jour du confinement, elle l'avait laissé tomber du balcon. La chute de six étages lui avait été fatale. Les voisins, qui se montraient d'une extrême sollicitude depuis le début de la crise, lui avaient proposé d'utiliser leur téléphone. La vieille dame avait donc prévenu chacun de ses enfants et leur avait promis d'appeler, avec le portable des généreux voisins, au moins une fois par semaine. C'était suffisant, affirmait-elle. Non, non, qu'ils ne s'inquiètent pas, elle était en parfaite santé. Elle ne manquait de rien, le congélateur était plein. Oui, elle était bien entourée. Le bel élan de solidarité se vivait aussi dans son immeuble de Villejuif.

L'entourage, jusqu'alors indifférent et distant, avait soudain découvert l'existence de cette drôle de petite bonne femme à l'âge avancé et à l'indépendance affirmée et l'avait formellement identifiée comme personne vulnérable, appartenant aux populations à risque, candidate à la réanimation et à la mort quasi-certaine si elle choppait le virus. Ils s'étaient fait un devoir de la protéger, elle leur offrait la possibilité d'une bonne action, d'une contribution à l'effort de guerre. Elle ne pouvait empêcher ses pensées sarcastiques d'envahir son esprit mais, au fond, elle savait bien, elle qui s'était dévouée toute sa vie au service d'associations de solidarité et d'entraide, que les motivations des plus belles actions comportent souvent une petite part trouble d'égocentrisme et d'orgueil. Elle les aimait bien, ses voisins et elle leur était reconnaissante de leur délicate attention. Ils avaient proposé de faire ses courses.

—J'ai de la réserve, avait-elle répliqué.

Elle se rendit compte en la formulant que cette remarque prêtait à double interprétation et que, dans les deux cas, c'était exact.

—Il suffit que j'aille une fois par semaine à Monoprix pour les légumes frais et c'est bon.

Ils lui demandaient régulièrement si elle n'avait besoin de rien et le gentil blondinet, tout jeune marié, du deuxième étage, lui avait même dit :

—Si vous devez aller chez un médecin et si c'est un peu loin, je peux vous emmener en voiture. Même pour ramener des choses lourdes, je peux être votre chauffeur. En cas de nécessité, vous savez où me trouver, je travaille à la maison.

Madame Debruyne avait décliné son offre. Est-ce qu'ils continueraient à s'intéresser aux autres après ? Est-ce que la gentillesse survivrait au-delà du virus ? Elle n'était pas désabusée. Fondamentalement optimiste, elle avait toujours voulu croire en un monde meilleur, en une humanité pacifiée et réconciliée. Elle n'avait jamais cessé de se battre pour qu'adviennent ces temps de justice et d'amour. Gilet jaune de la première heure, elle fredonnait encore, pour elle-même, dans son petit appartement, la chanson des manifs : *On est là, on est là ! Pour l'honneur des travailleurs et pour un monde meilleur, on est là !* Ses guiboles usées ne lui avaient pas permis de manifester tous les samedis, mais elle avait fait un petit bout des deux plus gros cortèges en novembre et décembre 2018. Son fils, Olivier, avait pris peur en voyant que les violences policières n'épargnaient pas les anciens et il lui avait interdit les manifestations. N'empêche ! Elle ne manquait pas une occasion de clamer sa solidarité avec le mouvement. Avec son mari, Richard, elle, la fille d'immigrés italiens, avait toujours lutté et elle continuerait jusqu'à son dernier souffle, fut-il médicalement assisté pour cause de Corona virus. Fidélité à son père résistant, fusillé par les allemands alors qu'elle n'avait que quatorze ans. Richard avait quitté le navire, depuis peu, emporté par un infarctus en 2017. Ils formaient, comme on dit, un beau petit couple, lui coco tendance Guédiguian, elle catho tendance Rossellini. Leur vie avait été riche et belle. Que lui restait-il à vivre ?

Elle sortit la bouteille de pastis et s'en servit un verre : deux glaçons et presque pas d'eau. Il ne faudrait pas le noyer. *On est là, on est là ! Confinés et révoltés, on n'oublie pas les hôpitaux saturés...* Quel cadeau pouvait-elle s'offrir pour son anniversaire ? L'année dernière, sa petite fille, Pauline, qui vivait au Canada était venue avec sa famille pour fêter les quatre-vingt-neuf printemps de Nonna[12]. Ils avaient improvisé un spectacle musical pour l'occasion. Elle avait préparé sa tarte au citron meringuée pour laquelle tout le monde craquait. Les reverrait-elle ? Elle regardait peu la télévision. En revanche, elle adorait le cinéma. Alors, de temps en temps, elle se passait un de ses films préférés, en DVD : *Jules et Jim* de François Truffaut, *Le voleur de bicyclette* de Vittorio De Sica ou le plus récent *A peine j'ouvre les yeux* de Leyla Bouzid.

Elle reposa le verre, après avoir savouré son pastis.

---

[12] *Grand-mère, en italien.*

—Il y a quelque chose qu'il faut absolument que je fasse.

C'était ferme et résolu. Elle prépara son coup, elle s'affaira la joie au cœur, le sourire aux lèvres. Elle ne disposait en tout et pour tout que d'un masque. On lui avait donné des protections, quand elle avait eu sa pneumonie, l'hiver précédent, après les grandes manifestations et avant son anniversaire. Il en restait un et elle le gardait précieusement au cas où, comme des milliers de bricoles qui encombraient son logement. Pour une fois, « le cas où » se présentait. Elle revêtit le masque et descendit au deuxième. Le jeune homme était chez lui.

—Bonjour Monsieur. Vous m'aviez proposé de me conduire en cas de nécessité.

—Oui, bien sûr. Pas de souci.

—J'ai nécessité, aujourd'hui. Auriez-vous la gentillesse et la possibilité de m'emmener à Paris ?

—Maintenant ?

—Quand vous pouvez. Je ne voudrais pas déranger. L'urgence n'est pas absolue.

—Ecoutez, je suis dispo. On peut y aller dans un quart d'heure si vous êtes prête. Je mets quoi sur l'attestation de déplacement ?

—Moi, j'ai coché la case où il y a « motifs familiaux impérieux ». Pour vous, je crois que c'est la même puisque ça couvre aussi « assistance aux personnes vulnérables ».

Quand elle s'entendit prononcer cette phrase, elle crut rêver : *vulnérable, moi ? Quelle foutaise !*

Elle guida le jeune homme jusqu'à la Folie Méricourt, dans le onzième arrondissement. Il eut quelque difficulté à se garer dans l'étroite rue des trois bornes.

—Je ne serai pas longue, assura-t-elle.

Par chance, elle put se faufiler dans l'immeuble, à la suite d'une femme poussant un énorme charriot chargé de victuailles. Madame Debruyne lui tint la porte et lui emboîta le pas. Sur la boîte aux lettres, elle repéra l'étage. Elle frissonna, en pressant la sonnette. Comme prévu, personne ne répondit. Elle savait qu'il était là, elle avait entendu des paroles et une musique à l'intérieur, puis des pas précipités : une radio était allumée et il venait de l'éteindre. Il avait toujours été trouillard. Elle sortit de sa poche le papier préparé avant de partir, prenant bien garde de ne pas le confondre avec l'attestation de sortie. Elle glissa la lettre sous la porte. Elle perçut très nettement le bruit du papier que l'on dépliait. Elle s'enfuit comme une voleuse, satisfaite d'avoir osé et de l'avoir surpris. Elle imaginait sa réaction : un petit rire et le papier à la corbeille, ou bien un soupir signifiant « trop tard » ou encore peut-être de la joie…

Quel âge avait-il maintenant ? Sans doute, à peu près le même qu'elle. Il ne s'était jamais marié. Elle avait été fidèle à Richard. Lui, c'était Valentin. Ils s'étaient connus, dans une colonie de vacances où ils étaient tous deux moniteurs, en 1949, dans l'Ile de Ré. Lui venait d'un milieu aisé et naturellement il pouvait étudier jusqu'à un âge avancé sans que cela ne posât problème. Pour elle, c'était plus compliqué, elle avait la chance d'être la cadette et d'avoir obtenu une bourse grâce à ses excellents résultats. Elle avait échappé à l'usine, contrairement à ses sœurs. Même les colonies représentaient un luxe bourgeois, elle aurait dû prendre un vrai boulot d'été pour gagner un peu plus que les clopinettes rapportées par l'animation. Elle aimait ça, elle se rêvait institutrice. Elle ne le fut pas et Valentin non plus. Ils s'étaient retrouvés dix ans plus tard, étonnamment : ils avaient été recrutés dans la même entreprise. Une douce complicité leur avait permis, à chaque retrouvaille, de reprendre le fil d'une conversation et d'une histoire qui semblaient hors du temps. Leur dernière rencontre remontait à quatre ans, aux obsèques, d'un ancien collègue.

Au pied de l'immeuble, la petite vieille gamine leva les yeux. Elle vit la fenêtre de Valentin s'ouvrir. Une ficelle courut le long du mur. Nonna en détacha une feuille roulée comme un parchemin. Son cœur battait la chamade. Elle reprit place à bord de la Clio Renault, derrière son automédon. Fébrilement, elle déroula la feuille. D'une écriture un peu tremblée, il avait écrit, au bas du message de sa visiteuse : d'accord.

Juste au-dessus, on pouvait lire : *Si nous en sortons vivants, j'aimerais que nous soyons amants.*

Montreuil, le 13 avril 2020

Sans protection, sans compassion

A Francis,

La colère grondait depuis plusieurs jours. Confinés, ils l'étaient forcément au Mesnil Amelot. On les avait parqués dans ce centre pour les renvoyer dans leur pays d'origine… sauf qu'aujourd'hui, plus aucun avion ne partait vers leur pays. Ils devaient donc rester là pour une durée indéterminée. Et ça, ce n'était plus supportable. Les gens - ceux qui étaient considérés comme des êtres humains - se confinaient pour se protéger du virus. Eux, les retenus, ils se trouvaient enfermés, entassés dans la plus grande promiscuité, dans un cloaque puant, sans hygiène possible depuis que le service de nettoyage ne passait plus et que les toilettes étaient bouchées. Pas de gestes barrières, pas de masque ni pour eux, ni pour leurs gardiens. Ils étaient abandonnés là, la France ne voulait pas d'eux et la crise sanitaire les empêchait de partir. On allait les laisser crever tous. La révolte avait éclaté. Emmanuel avait pris son matelas et l'avait déposé au milieu de la cour comme les autres. Ils occupaient la cour.

Le Corona virus, Emmanuel s'en foutait. Il avait déjà tout traversé, depuis ce matin où Samuel, son petit frère et lui avaient embrassé leur mère, dit adieu à tout le village et pris le car pour Man[13]. Il se souvenait des yeux embués de Bamousso[14], de son sourire forcé pour les encourager :

—Je suis tellement triste de vous voir partir… mais il faut quitter ici, pour ne pas mourir de faim ou de folie, il faut quitter ici pour mener une vraie vie comme celle que j'ai eue avant. Allez, mes fils. Dieu vous garde ! Donnez-moi des nouvelles.

Elle avait ajouté à voix basse, rien que pour lui :

—Veille bien sur ton petit frère, Man. Il est encore bien jeune pour un si long voyage.

Au départ, ils avançaient, fleur au fusil, légers, confiants. Leur foi ne se laissait ébranler ni par les kilomètres de marche sous un soleil de plomb pour rejoindre une ville où trouver un car ou un camion qui les convoierait jusqu'à l'étape suivante, ni par la faim qui leur tenaillait l'estomac et la soif source de vertiges et d'hallucinations, ni par l'avidité des passeurs, ni

---

[13] *Man : ville de l'ouest de la Côte d'Ivoire.*
[14] *Bamousso : maman en dioula (langue mandingue parlée ou comprise au Mali, en Côte d'Ivoire et au Burkina Faso)*

même par l'hostilité d'autres gueux errant comme eux vers la terre promise. Ils savaient qu'il leur fallait endurer souffrances et surmonter embûches pour réaliser leur rêve. Les premiers signes de découragement se manifestèrent dans la région de Gao[15], quand ils approchèrent de la commune d'Assongo. Une bande de détrousseurs, profiteurs sans foi, ni loi, qui s'attaquait aux migrants vulnérables et transportant tous leurs trésors avec eux les braqua, au détour d'un chemin pierreux. Les pirates avaient le regard chargé de la haine de ceux qui ne reculent devant aucune violence et leur capacité à jouer de leurs armes imposantes ne faisait aucun doute. Emmanuel leur abandonna tout l'argent, qu'il gardait pour payer les passeurs, et leur portable. Ce racket traumatisa le petit Samuel qui commençait à flancher, affaibli par la fatigue et les privations. Le grand frère le réconforta :

—Ne t'inquiète pas, Sam. Le principal, c'est que nous soyons en vie. Cet argent, je vais le regagner quand nous serons au Maroc. Il y a du boulot pour les nègres, là-bas. Ne pleure pas, on est bientôt au bout.

---

[15] *La région de Gao est située au Mali, limitée au sud et à l'est par le Niger, au nord par la région de Kidal, à l'ouest par la région de Tombouctou*

Emmanuel dut se battre et se débattre plus d'une fois. Quand le poids était trop lourd, il s'appuyait sur Dieu qu'il savait toujours à ses côtés. Il se disait : *Si je n'ai pas la force de le faire pour moi, je le fais pour Sam*. Il pensait à son père abattu sur les docks d'Abidjan, dans des conditions mystérieuses, après l'interdiction de l'import de vieilles voitures. Il pensait à sa sœur qui se prostituait pour pouvoir nourrir son bébé. Il pensait à sa mère qui ne mangeait qu'un jour sur deux… Fuir était une nécessité, une nécessité absolue. Cette certitude l'aidait à surmonter la tentation d'abandonner. Il n'avait pas le choix : il fallait s'accrocher et continuer.

Au Maroc, il avait donc à regagner la somme nécessaire à la traversée. Emmanuel travailla comme un forçat, acceptant tout ce qui pouvait rapporter de quoi alimenter son pécule. Ils vécurent dans une cabane en planches, dans un bidonville et se nourrissaient de peu pour ne rien dépenser.

Et puis, il y eut la traversée de la Méditerranée.

—On avait dit un bateau ! Pas un radeau !

—Tu montes ou tu restes ?

—Rendez-moi mon fric ! Je vais me trouver un autre bateau.

—Tu rigoles ! Moi, j'ai un prix global pour vous tous. Alors si vous deux, vous restez ici, je garde le flouze. Compris ! Et cherche pas les embrouilles parce que ton corps jeté à la flotte, là, personne ne s'en soucierait, crois-moi.

Les deux frères sont montés sur ce rafiot pourri, ils se sont serrés contre les autres. On avait l'impression, avant même le départ, qu'il était prêt à chavirer tant sa capacité d'accueil était dépassée. En mer, Emmanuel perdit son enthousiasme, ses rêves, ses espoirs. Une seule obsession : survivre à cet enfer. Il s'efforçait de rester éveillé en permanence pour tenir le petit et veiller à ce qu'il ne tombe pas.

Cette nuit-là, Samuel dormait sur son épaule. A bout de fatigue, Emmanuel s'endormit aussi. L'eau salée qui le giflait le tira de son sommeil, leur embarcation se remplissait d'eau, une tempête violente venait de se lever. Il écopa avec les autres. Soudain un cri déchira la nuit. Emmanuel se retourna. Il se précipita, réussit à repêcher l'enfant. Samuel était inerte, il tenta le bouche à bouche. Il aurait dû le garder dans ses bras, il aurait dû ne pas le lâcher. *Veille bien sur ton petit frère, Man.* Pauvre petit corps, les poumons pleins d'eau.

Le Corona virus, Emmanuel s'en fichait. Il avait déjà côtoyé le pire. Arrivé en France, une force inconnue de lui le maintint debout et guida ce corps qu'il avait abandonné, suppléa sa volonté qui l'avait quitté. Elle lui permit de déjouer les contrôles, de se cacher quand il le fallait, elle accepta pour lui les mains tendues et la fraternité chaleureuse de quelques humains restés humains. Il rencontra quelques bons samaritains mais aussi le racisme, l'égoïsme et la bêtise épaisse et dangereuse. A Paris, il ne retrouva pas ce cousin qui devait l'héberger. Il n'avait pas le courage d'appeler sa mère. Sans nouvelles de ses fils depuis bientôt deux ans, elle devait les croire morts tous les deux. Elle n'avait pas tort. Peut-être, elle aussi était-elle morte de chagrin. Un couple de montreuillois l'accueillit dans leur maison, il put loger dans une chambre avec entrée indépendante, ce qui lui évitait de trainer dans les gares, proie facile pour la police. Il obtint par un prêtre retraité un petit travail au noir et put justifier, auprès de l'employeur, d'une identité grâce aux papiers d'un compatriote qui accepta de lui fournir un alias. Le prêtre l'avait prévenu :

—Surtout aie toujours sur toi ton pass navigo. Quoi qu'il arrive, il ne faut pas que tu sois contrôlé dans le métro sans pass. C'est le piège des sans-papiers.

Mais, il était cher, ce fameux pass. Deux fois, ses bienfaiteurs le dépannèrent et lui permirent de racheter le fameux sésame. Cette fois-là, il avait eu honte de demander encore. Depuis trois mois, il n'avait plus de boulot. Il se rendit à un rendez-vous pour une embauche, sans carte de transport.

—Vous ne pouvez pas payer ? avait demandé le contrôleur.
—Non, avait-il avoué.
—Vos papiers !

Il avait pris la fuite, espérant échapper à la suite… Mais il s'était retrouvé là, dans ce centre de rétention, honte de la France et démenti cinglant de ses belles valeurs. Le confinement avait été déclaré le lendemain.

Le Corona virus, il n'en avait cure. Mais l'humiliation, ce traitement dégradant, il ne le tolérait plus. Toute la rage enfouie sous l'espoir, puis sous le désespoir, remontait maintenant à la surface. Ces larmes qu'il n'avait pas pleurées, ces coups qu'il n'avait pas donnés, ces cris qu'il n'avait pas hurlés s'exprimaient alors, transformés en une fureur qui redonnait vigueur et puissance à son corps de jeune homme et à son esprit endurci par la grande épreuve. Oui, il participait à cette révolte. Il ferait la grève de la faim aussi longtemps qu'il le faudrait. *On n'a pas le droit d'enfermer des êtres humains dans une porcherie, de les obliger à vivre les uns sur les autres quand un virus tueur circule si facilement entre les hommes.* Même s'ils étaient des criminels, on n'aurait pas le droit. Et ils n'étaient pas des criminels, ils étaient juste des sans-papiers. Certains retenus souffraient d'affections respiratoires liées à la précarité dans laquelle ils avaient dû vivre pour rester cachés et ils étaient donc vulnérables, fragiles. D'autres avaient été cueillis à l'aéroport tout proche, après un voyage effectué dans des conditions extrêmes et étaient exténués. Il leur devait protection. Emmanuel se dressait, homme debout, digne, fier. Il se levait pour l'humanité.

Cependant cette époque avait élevé des murs, barbelé les frontières et les cœurs, elle avait fait barrage non pas aux virus mais à des hommes et femmes venus d'ailleurs sans papiers. Cette époque n'avait que peu de charité pour ces populations fuyant la guerre, la misère ou les catastrophes. Elle envoya donc aux révoltés du centre du Mesnil Amelot la police et les lacrymogènes. Tous les retenus furent renvoyés dans leur chambre. Emmanuel était un peu à l'écart, au moment de l'intervention. A demi caché par un muret, il fumait. Les policiers ne le virent pas. Il resta figé, plaqué contre le mur, retenant même sa respiration pour qu'on oublie son existence. Il ferma les yeux. Un gars du centre - un congolais – lui avait raconté une histoire à laquelle il semblait croire dur comme fer : un jeune brazzavillois vivait à Paris et son père allait mourir au pays, là-bas. Le père voulait revoir son fils avant de mourir. Le vieil homme était un grand sage, doué de pouvoirs surnaturels. Il était capable de déplacer les objets et même les hommes par la puissance de son esprit. Il fit revenir son fils de Paris à Brazzaville, en quelques minutes, par sa force spirituelle. Il put dire adieu à son enfant bien-aimé avant de rendre son dernier souffle.

—Je t'assure, Man, avait affirmé le congolais. C'est la pure vérité. On a même vu ça à la télé. C'était il y a une dizaine d'années mais je m'en souviens très bien. C'est fréquent chez nous.

Emmanuel avait souri. Maintenant, oublié de tous, piégé dans cette prison, il était partagé : mener un combat non violent comme Martin Luther King, résister ou disparaître. Il aurait aimé qu'un sorcier le ramène instantanément chez lui, dans son village, par la puissance de son esprit. Il mettrait son énergie retrouvée au service des siens. Il rouvrit les yeux. Il était vraiment seul, tout était à présent silencieux. Il longea le mur d'enceinte et passant devant une des grilles d'entrée, il tourna machinalement la poignée. La grille était mal fermée. Emmanuel, telle une fusée se propulsa dehors. Au pays, on le surnommait *léopard*. Il se mit à courir, de toutes ses forces, de toute sa rage, il courut. Une sirène retentit, il était déjà loin. Il s'en sortirait. Il courait sans s'arrêter, rien ne pourrait entraver sa course.

— Bamousso, je reviens. J'arrive. Pardon pour Samuel. Je reviens. Je n'aurais jamais dû partir.

Montreuil, le 19 avril 2020

Le côté obscur

—Je vais chez Fatou, Kevin et Raji porter les cours que j'ai imprimés pour les enfants, puis je passe voir si Jojo va bien. Ça va aller, mémé ? Tu as besoin de rien ?

Mémé Jeannette n'eut pas le temps de répondre, il avait déjà filé. De toute façon, elle aurait dit que tout allait bien : elle avait tout ce qu'il lui fallait. Appuyée sur son déambulateur, elle se dirigea péniblement vers la salle de bain. Elle vit son reflet dans le miroir : avec sa pauvre robe de chambre fleurie, ses cheveux défaits et son visage marqué par les nuits sans sommeil, elle paraissait dix ans de plus que son âge. Elle n'avait toutefois pas pour habitude de s'apitoyer sur son sort. Elle se réjouissait plutôt d'avoir la chance que son petit-fils vive avec elle. Un amour, ce gamin ! Il s'occupait d'elle avec patience et bienveillance. Depuis son accident cardiovasculaire, trois ans auparavant, elle ne pouvait plus se débrouiller seule. Heureusement, Félix, l'aîné de ses petits-enfants, était resté chez elle quand Cathia s'était remariée et avait déménagé à Lyon avec les trois autres garçons. S'il n'avait pas été là, la douce Jeannette aurait assurément échoué dans un de ces EHPAD[16] où les vieux, confinés entre eux, tombaient maintenant comme des mouches, sous les assauts du COVID, tandis que leurs soignants, en nombre insuffisant, mal équipés, épuisés assistaient impuissants à l'hécatombe. L'antillaise ne doutait pas que son ingrate fille et son égoïste fils l'auraient confiée aux bons soins d'un établissement forcément miteux, compte tenu de ses maigres ressources. Dieu soit loué : il y avait Félix ! C'était Félix qui lui avait sauvé la vie, en appelant le SAMU quand elle s'était écroulée dans la cuisine et gisait sur le carrelage sans connaissance.

A la Luire, on l'aimait bien, Félix. Il rendait service à tout le monde avant le confinement et il continuait pendant, naturellement. Chaque jour, muni de son attestation de sortie « pour aider les plus vulnérables », il arpentait le quartier pour s'assurer que personne ne manquait à l'appel et il se faisait coursier, livreur, accompagnant, aidant, oreille attentive, voix réconfortante, selon les nécessités des uns et des autres. S'il s'était porté candidat aux municipales, il aurait certainement eu toutes les voix de son territoire. Toutes sauf une : celle de l'éducateur, Kamel. Kamel pensait

---

[16] *EHPAD : Etablissement d'Hébergement pour Personnes Agées Dépendantes.*

que malgré toutes ses qualités, Félix amenait un danger que l'on sous-estimait. Quand un habitant vantait, devant lui, les mérites du petit-fils de la Jeannette, Kamel répondait inlassablement :

— Oui, Félix est généreux et serviable, c'est vrai. Mais c'est un complotiste, il met dans la tête de nos jeunes des idées dangereuses et ils n'ont vraiment pas besoin de ça !

—Tu es dur ! ripostait son interlocuteur.

—Non, je ne conteste pas ses qualités. Mais si on ne lui sort pas de l'esprit et surtout de la bouche, toutes ces théories vénéneuses, on aura bientôt une population de victimes, pleines de rancœur et incapable de retrousser les manches pour construire un monde meilleur. C'est tellement plus facile de se dire que des savants fous ont créé un virus plutôt que d'analyser en quoi notre consommation effrénée détruit des milieux naturels et favorisent la propagation de virus chez l'homme.

Les mises en garde de Kamel ne suscitaient, le plus souvent, que haussements d'épaules et bougonnements réprobateurs. Il était pourtant vrai que le jeune homme, si prompt à aider son prochain, passait des heures sur les réseaux sociaux à dévorer et alimenter les forums où florissaient les thèses selon lesquelles toute catastrophe ne pouvait résulter que d'une action ourdie en secret, par quelque groupe de malfaisants, ennemis de l'humanité, protégés des élites et des pouvoirs en place. Il avait commencé à déraper sérieusement en 2015, avec l'attentat de Charlie Hebdo. En décryptant les vidéos qui circulaient en nombre à l'époque, il avait acquis la certitude que cet attentat avait été fomenté par les Services Secrets. Peu à peu, il se convainquit que le *lobby juif* était largement impliqué. Il considéra alors comme vital de diffuser ses découvertes pour protéger ceux qu'il aimait. Il devint ainsi antisémite et Kamel, qui militait activement au MRAP[17], commença à développer à son égard la plus grande méfiance et à s'efforcer de contrer le poison injecté par ce *si gentil garçon* auprès d'une population tellement prompte à désigner des boucs émissaires. Heureusement, si Félix s'enflammait vite, ses passions retombaient aussi vite. Il oublia bientôt les juifs et passa à une autre enquête de la plus haute importance qui le conduisit à identifier un nouveau complot : celui du VIH. Le virus avait été créé en laboratoire et testé sur les africains qui l'avaient ensuite répandu dans le monde. La thèse de la fabrication des virus s'avéra un très bon filon pour les complotistes. Assez logiquement, le COVID 19 raviva ce type de théorie. Félix devint donc un fervent adepte de l'idée de la

---

[17] *MRAP : Mouvement contre le racisme et pour l'amitié entre les peuples*

responsabilité d'un laboratoire chinois dans l'apparition du Corona virus. Tout concordait : la présence d'un fameux laboratoire travaillant sur les virus de type SRAS au cœur de la zone de la première contamination, la confirmation de chercheurs indiens et d'un prix Nobel dont Félix suivait assidument les interventions – *parce que ce scientifique là, au moins, il ne s'enfermait pas dans le politiquement correct* -, il avait même repéré dans une série sur Netflix les preuves que tout cela avait été préparé de longue date.

Ces amis avaient gardé un peu d'esprit critique :

— Mais si les chinois ont fabriqué le virus pour détruire les autres, pourquoi ils ont été les premiers touchés ?

—C'est un accident. Le virus s'est échappé. Ils voulaient l'utiliser contre nous mais ça s'est retourné aussi contre eux.

—Mais les gens se déplacent partout dans le monde. Ils auraient été contaminés par les étrangers qui viennent en Chine ou par les chinois qui voyagent à l'étranger.

—Non, parce qu'ils devaient concevoir le vaccin avant de mettre en circulation le virus. Ils auraient vacciné tous les chinois et gardé le secret pour eux.

La petite bande qui côtoyait Félix comprenait une dizaine de membres de toutes origines et parmi elle, Léo. Les parents de Léo venaient d'Asie orientale et on pouvait aisément le deviner en voyant le gars. Félix décréta que dans cet état de guerre, pour lutter contre le virus, il fallait éviter Léo.

—Il est même pas chinois, Léo. Il est vietnamien, s'offusqua Kévin.

—C'est pareil. Ils veulent voir triompher leur race.

Les autres commencèrent à douter de Félix. Fatou, Kévin et Raji étaient partagés : Félix avait un côté lumineux mais, il fallait bien se l'avouer, par moment, il basculait carrément du *côté obscur de la force*. Comment le sortir de son délire ? Il n'était pas supportable de le laisser ainsi ostraciser Léo et répandre à nouveau le poison raciste.

—On va lui inspirer un rêve, déclara sentencieusement Fatou, d'une voix presque inaudible pour les deux autres qui avaient pourtant réglé le son de leur portable au maximum.

—Comment tu fais ça ? interrogea Raji.

—T'occupe ! Qu'est-ce qui pourrait l'amener à adorer les chinois ?

—Je sais pas moi ! Si sa mère attrapait le COVID et si un médecin chinois la guérissait, proposa Raji.

—S'il tombait amoureux d'une chinoise, compléta Kévin.

—Si un riche chinois lui léguait sa fortune, renchérit Raji.

—S'il s'apercevait que son ancêtre est chinois…

—Voilà ! Bien, c'est parfait, interrompit Fatou. Alors, on se concentre tous les trois sur Félix et sur ce que vous venez de proposer, ok ? Vous êtes prêts ?

Le plus sérieusement du monde, chacun dans leur appartement, les trois amis rassemblèrent toutes leurs énergies spirituelles pour transmettre un rêve réparateur à Félix.

Le lendemain, depuis sa fenêtre, Fatou aperçut Léo et Félix, ensemble, pour faire la tournée du quartier. Un sentiment de joie et de triomphe l'envahit : les amis étaient réconciliés mais surtout, elle avait de grands pouvoirs qu'elle ne soupçonnait pas jusqu'alors. Elle saisit son téléphone et appela Félix :

—Tu as fait un rêve, cette nuit ?

—Qu'est-ce que tu me chantes là ?

— Dis-moi juste : tu as fait un rêve, non ?

—Non, j'ai pas fait de rêve. Franchement, tu me prends la tête là. On va au centre social pour aider à la distribution.

— Avec un jaune ?

—Oh oui, c'est bon ! Je m'étais planté. En fait j'ai découvert que le virus, c'est pas les chinois qui l'ont fabriqué. C'est des extra-terrestres qui nous l'ont envoyé.

Montreuil, le 25 avril 2020

Deuxième partie – Les temps de lutte

SMN 1993

Le son de la sirène ne cesse de retentir dans la ville morte. C'est le glas pour les salariés de la Société métallurgique de Normandie, pour leurs familles, pour les villes de Colombelles, Mondeville et Giberville. S'ouvre, pour ses paroissiens, une période de souffrances, de déprime et de ressentiment qui durera des mois, des années. Depuis maintenant cinq ans, Benoît est curé à Mondeville et il a vécu avec eux l'attente du pire, les moments d'espoir renaissants, les combats… Malgré tous les signes de la mort annoncée, jusqu'au bout, ils se disaient qu'on ne pouvait quand même pas détruire ce fleuron de l'industrie française. Ce matin, il était avec eux pour la dernière coulée : c'était la dernière fois que les hauts-fourneaux de la SMN fonctionnaient. Les gars ont jeté au feu leur vêtement de travail. Sur la passerelle, Lucien pleurait tandis que Bernard serrait les poings. Ils fixaient tous le liquide de la dernière fusion en train de couler, comme les dernières gouttes de sang de ce monstre de fer et de feu qui, hier, en les dévorant, faisait leur fierté.

Benoît brosse machinalement sa veste couverte de poils de chat. Il a du chopper ça chez la vieille Marie-Madeleine dont la minuscule demeure abrite une bonne douzaine de félins, véritables maîtres des lieux. Il lui a rendu visite en ce début d'après-midi car la nonagénaire ne pouvait attendre, elle le sentait : sa dernière heure avait sonné. Il lui fallait un curé pour recommander son âme à Dieu, avant qu'il ne soit trop tard.

— Vous comprenez, mon Père, je savais bien que je ne pourrais pas lui survivre, elle a englouti mon homme, mon père et mes frères …

En vérité, la vieille bique a sans doute encore de beaux jours devant elle, elle souffre simplement de fatigue, de rhumatisme et d'une solitude qui lui pèse tellement. Elle se sent surtout frustrée de ne pouvoir aller manifester avec les autres. Elle aurait voulu être avec eux pour dire : *on est des gens d'honneur, nous. On peut pas nous jeter comme ça, nous prendre notre passé, notre présent et l'avenir de nos enfants, brutalement, comme ça.* Benoît a d'abord été contrarié par le caprice de Marie-Madeleine mais il se dit que c'est aussi sa place à lui, d'être avec ceux qui ne peuvent pas être là.

Il a passé presque une heure avec elle. Ensuite, il est retourné au presbytère avant de rejoindre les autres, à la manifestation à Caen, ce dernier baroud d'honneur d'une population brisée.

L'autre jour, avec les gamins du catéchisme, il a préparé des banderoles contre la fermeture de la SMN. Les enfants sont très lucides, ils ont bien compris à la fois la peine des parents et les conséquences, pour leur vie, de cette fermeture. Tous sont concernés. Leurs parents vont se retrouver au chômage. Il a alors repéré la mine réprobatrice de Thomas, ce jeune prêtre avec lequel il doit cohabiter difficilement depuis deux mois. Il ne sait pas s'il va pouvoir le supporter longtemps.

Pas très charitable, Benoît, ce genre de réflexion !

Ok, pardonne-moi, Seigneur, aide-moi à être patient et bienveillant.

Benoît jette un coup d'œil au courrier du jour et s'apprête à aller manifester. Il n'a rien à emporter. Un parapluie peut-être. Ce n'est pas très pratique un parapluie pour une manif... Thomas, qui préparait son homélie pour le dimanche suivant, déboule alors de la pièce qui leur sert de bureau. Il s'exclame, en voyant le curé sur le départ :

— Tu vas hurler avec les loups !

Benoît choqué, ne peut s'empêcher de répondre :

— Mais qu'est-ce que tu racontes ? Ces loups, ce sont tes paroissiens, des pères de familles qui perdent leur gagne-pain, des vieux qui ont bossé toute leur vie à la SMN, des jeunes qui ont des crédits à rembourser, un avenir qui se bouche, des gens qui se demandent de quoi demain sera fait... et les gamins du caté. Ces loups, ce sont nos frères qui souffrent, Thomas.

Il a quelques difficultés à se contenir. Finalement, il plante le clerc, claque la porte avec une certaine brusquerie qu'il regrette aussitôt et se dirige vers sa vieille Deux-chevaux.

Les gars ont porté la poche qui sert à contenir l'acier en fusion et ils veulent la déposer dans la cour de l'abbaye aux Dames, siège du Conseil régional. Ils sont plus de quinze mille manifestants venus dans le centre-ville de Caen pour crier leur désarroi. Ils sont venus en famille : en tête de cortège, les sidérurgistes, puis, suivent les conjoints, les enfants, les retraités, tous ceux qui travaillent dans des secteurs dépendant de la SMN et tous ceux qui sont solidaires. Ils se tassent maintenant autour de la place de la Reine Mathilde. Ils veulent qu'on leur ouvre les grilles du Conseil régional mais elles restent désespérément fermées et des CRS barrent le passage. L'atmosphère se tend. C'est un tort d'essayer d'arrêter les fondeurs. Maintenant que tout est perdu, ils n'ont plus que leur colère au cœur. Benoît a peur que ça tourne mal mais il se dit que non, on n'osera pas recourir à la violence contre toutes ces familles. Il y a trop de gamins, trop de vieilles personnes. On n'osera pas. Les grilles vont finir par s'ouvrir pour permettre cette ultime expression d'attachement à leur usine : le dépôt de la poche de la dernière coulée. Il écoute la petite Céline lui parler de sa copine qui ne veut plus lui causer, de son frère qui lui vole ses jouets et de toutes ces profondes petites peines de l'enfance. Soudain, son regard se fixe sur une fille en veste jaune. Elle se détache comme un tournesol dans un champ de coquelicots. Il la connaît, c'est certain. Mais d'où ? Sa mémoire lui fait décidément défaut. Elle le reconnaît, elle aussi. Elle vient vers lui. Que va-t-il lui dire ? Cette situation qui se reproduit trop souvent à son goût le met toujours un peu mal à l'aise.

—Bonjour, vous allez bien, s'empresse-t-elle. Vous avez vu, c'est dégueulasse, ils ne nous laissent pas entrer. Les gars vont défoncer la porte.

—Hélas, répond le prêtre.

Elle est très remontée. Elle a un autocollant CFDT collé sur son blouson. Elle a fait toutes les manifs de soutien, elle est venue avec des copains qui travaillent aux Douanes. Elle, elle bosse à la trésorerie générale. Mais qui est-elle ? Elle sait qu'il est prêtre puisqu'elle lui déclare :

—C'est vachement bien que vous soyez présent, vous aussi. Vous êtes solidaire avec le peuple au milieu duquel on vous a placé. Je trouve que c'est juste. Là où des hommes sont opprimés, humiliés, les chrétiens et les curés doivent être avec eux. Comme Jésus.

Il lui sourit. Il aime son enthousiasme, son approche de la foi. Il va lui poser des questions sur ce qui la motive, elle, mais brusquement la foule reflue vers la rue Manessier. L'air devient irrespirable et des cris de panique résonnent autour d'eux. Ils ont juste le temps de réaliser ce qu'il se passe. Sans sommation, les hommes casqués ont lancé, à tir tendu, des lacrymogènes et ils continuent. Les manifestants sont comme pris dans une nasse, car il y a peu de possibilités d'issues. La fille-tournesol a sauté par-dessus une barrière et s'est réfugiée dans un jardin. Benoît se cache les yeux. Il a quand même le temps d'apercevoir Monique, la mère d'un fondeur qu'il a marié l'an dernier. Elle semble suffoquer, elle est emmenée dans le cabinet d'un médecin qui se trouve sur la place. Un homme avec une canne s'étale de tout son long, deux jeunes l'aident à se relever. L'agitation dure une bonne demi-heure.

Quand la jeune femme avec laquelle il avait engagé la conversation réapparaît, elle semble bouleversée. Elle est durablement choquée par cette violence.

—Voilà le mépris où ils nous tiennent !

Beaucoup sont repartis. Elle reste aux côtés de Benoît. Dès que de nouvelles tensions se manifestent, elle prend peur et lui saisit le bras. Aussitôt, elle s'excuse. Elle n'est pas rassurée mais elle ne veut pas partir. Lui non plus ne veut pas partir. Ils partagent la même conviction : leur présence porteuse de paix, au milieu de ceux en qui gronde la révolte du désespoir, peut apaiser ceux auxquels ils se sentent si unis. Ils se voient comme ses mains que l'on pose sur le corps convulsé de chagrin ou de rage, pour le réconforter et le détendre. Ils se parlent encore de solidarité, de fraternité, d'humanité. Quand elle s'en va retrouver ses douaniers, il se dit qu'elle est une belle personne, qu'il aimerait la revoir et qu'elle devrait rejoindre l'Action Catholique Ouvrière dont il aumônier. Il lui fait un signe au loin et c'est à ce moment précis qu'il se rappelle où il l'avait déjà rencontrée. Elle était venue accompagner Thomas quand il a emménagé au presbytère.

Elle est la sœur du garçon qui criait *au loup*.

Montreuil, le 12 mai 2020

Qui es-tu, Kristina ?

Trois petites flaques de sang sur le sol. Elle était accroupie, s'affairant à ramasser des débris dont je n'identifiais pas la nature et s'empressant de les enfouir dans un sac en papier posé à côté d'elle. Je la regardais, à la fois fasciné et interloqué. Sa longue chevelure blonde, son visage diaphane et sa silhouette élancée lui donnaient un air de princesse nordique. Ses gestes fébriles et ce sang à ses pieds nimbaient la scène de mystère et de soufre. Je ne pouvais détacher mes yeux d'elle mais j'imaginais qu'en me découvrant, elle serait mal à l'aise. Elle finit par remarquer ma présence, dans le silence de cette galerie commerciale désaffectée. La belle se releva et, me regardant dans les yeux, elle déclara, avec aplomb et forfanterie :

— J'ai assassiné mon mari, il faut que je nettoie la scène de crime.

Comme je devais paraître totalement déstabilisé, elle ajouta :

— Il n'y a rien à regretter, vous savez. C'était un homme cruel et sans cœur.

Je bredouillais, ne sachant que penser :

— Oui…enfin, je…c'est inattendu…

Elle éclat de rire.

— Vous m'avez crue ? Vous êtes trop naïf, voyons. En fait, je suis infirmière, je venais de pratiquer des prises de sang et je devais porter des flacons au labo. Mais je suis tellement maladroite. J'ai tout fait tomber. C'est ballot, n'est-ce pas ? Mes patients vont devoir se refaire piquer.

Elle parlait vite, en se tordant les mains compulsivement. Elle éprouvait le besoin de me conter toutes ses mésaventures liées à la maladresse. Je n'écoutais que la mélodie de sa voix, je contemplais le dessin de ses lèvres, les paillettes brunes dans ses yeux verts et ses mains qui s'agitaient devant moi comme des colombes effarouchées.

—Vous voulez boire un café ? Je m'appelle Olivier. Et vous ?

Sitôt prononcée, cette plate invitation me remplit de honte. Elle m'apparentait plus à la famille des dragueurs lourds et collants qu'à celle des galants fins et subtils à laquelle j'avais la prétention d'appartenir. Mais je venais de réaliser que nous nous éternisions dans cette galerie sordide et déserte et il me tardait d'offrir à notre rencontre plus grandiose décor. Les vitrines étaient cassées ou recouvertes de peinture blanche, du plafond défoncé pendaient des câbles électriques et les néons diffusaient une lumière agressive.

— Kristina, répondit-elle.

Elle empoigna son sac à dos dans lequel elle glissa le sachet avec les éclats de verre. Je lui indiquais la poubelle juste derrière moi mais elle l'ignora, semblant tenir à garder avec elle les preuves de son forfait. J'y vis une nouvelle bizarrerie stimulant ma curiosité. Je l'emmenai quelques rues plus loin, dans un bar que je connaissais bien. Elle commanda un gin et moi, un double café. Sa conversation était décousue, elle parlait avec un accent des pays de l'est, peu perceptible d'emblée mais qui se laissait découvrir au fil d'une conversation au long cours. Elle devait venir de Russie ou de Pologne. Je souriais devant sa moue indignée quand, me prenant à témoin, elle s'exclamait : *c'est horrible, tout à fait horrible !* Je commençais à deviner qu'elle n'était pas plus infirmière distraite que meurtrière sans remords. Quand je prêtais attention à ce qu'elle me racontait, je me rendais compte que ses histoires constituaient un tissu d'extravagances.

Elle avait soigné - prétendait-elle – le Premier ministre, Edouard Philippe, avant qu'il ne soit Premier ministre. Lorsque je lui demandais si elle avait toujours exercé à Paris, elle m'expliqua qu'elle n'avait jamais quitté la capitale depuis sa plus tendre enfance. Plus tard, elle affirma avoir effectué ses études aux Etats Unis. Kristina savait piloter un avion, elle avait été mariée trois fois et elle était championne de natation. Je ne voulus pas chercher à la piéger et feignis de croire à son récit.

—J'ai vraiment de la chance d'avoir rencontré une femme aussi extraordinaire, osai-je.

—Vous n'êtes pas tombé amoureux de moi, quand même ?

Peut-être bien que si.

Je n'avais pas beaucoup parlé, au cours de ce tête-à-tête. Mon naturel me portait plus à écouter les autres se raconter qu'à me livrer moi-même et Kristina avait, de son côté, un besoin manifeste de s'exprimer. J'avais tout juste pu me présenter comme écrivain désœuvré, vivant dans un pauvre studio sous les toits, dans ce petit coin de banlieue un peu gris mais très convivial.

Nous nous quittâmes, à la tombée du jour, sans se laisser de numéro de téléphone. Je ne connaissais d'elle que son prénom et ses improbables aventures. Je décidai de la suivre discrètement. Elle prit le métro vers Paris, changea à Strasbourg-Saint Denis et descendit à la Porte de Clignancourt. Je la perdis, rue Belliard. Je voulais en savoir plus sur cette fille. Pourquoi se cachait-elle sous tant de faux-semblants ? Que fuyait-elle ? Le désir et la curiosité se mêlaient en une dévorante obsession. Je décidai donc de mener l'enquête. J'avais tout mon temps : l'inspiration m'ayant durablement quitté, je n'écrivais plus une ligne depuis deux mois.

Le lendemain, je me suis posté à l'entrée du métro, à sa station et j'ai attendu. Lorsqu'enfin je l'aperçus, mon cœur s'emballa et mon esprit s'enflamma. Kristina était vêtue d'une jupe noire et d'un pull rouge très moulant. Elle portait une énorme valise dont je me serais empressé de la soulager si mon statut de détective ne m'en avait empêché. Il fallait absolument que je connaisse sa destination. Elle se rendait à Montmartre. Place Saint Pierre, elle installa son matériel : une petite table, une pompe et des ballons à gonfler. Pour attirer le chaland, elle prépara quelques ballons, de longs boudins de diverses couleurs. Puis, avec une dextérité impressionnante, elle transforma, sous les yeux ébahis des enfants, les baudruches en animaux de toutes sortes. Elle vendit quelques unes de ces bêbêtes aux gamins des touristes qui commençaient à affluer entre Sacré-Cœur et carrousel du square Louise Michel. Je me suis approché de son stand.

—Bonjour, Madame l'infirmière.

—Vous désirais un ballon, Monsieur ? Petit chien, lapin ou girafe ?

Je lui achetai une grenouille et en profitai aussitôt pour lui demander si elle voulait déjeuner avec moi, me donner son 06, m'accompagner au cinéma. Ce n'était pas possible, elle n'avait pas une minute à elle. Je me proposai d'acheter tous ses ballons. Ce n'était pas bien, elle voulait les voir partir, un par un, avec la joie du gamin au bout du bras duquel chaque ballon s'en allait.

Elle profita du seul moment où je la lâchais des yeux pour disparaître. J'avais été réquisitionné pour photographier un couple de chinois qui m'avait tendu un portable avec un *could you, please, take a picture of us with the Sacré-Cœur ?* Je m'étais exécuté gentiment mais quand je leur rendis leur appareil et me retournai vers le point de vente de Kristina, il n'y avait plus ni table, ni ballons, ni fille en rouge et noir. Elle avait filé, avec sa grosse valise. Comment, diable, avait-elle pu tout remballer si vite ? J'interrogeai les personnes alentours : avec son attirail, elle n'avait pas pu passer inaperçue. Je montrais une photo d'elle prise lorsqu'elle confectionnait ma grenouille en baudruche. Je n'obtins que gestes vagues, en des directions incertaines. Je consacrai ma journée à arpenter Montmartre en tous sens. En vain.

Les jours suivants, je retournai à la Porte de Clignancourt. Je guettais sa silhouette. Je l'imaginais endossant des costumes et des métiers inattendus. Elle surgirait en ouvrière du bâtiment, en pom-pom girl, en flic ou en femme-sandwich vantant les mérites d'une pizzeria végétarienne. Je rentrais, chaque jour, bredouille. Je parcourais la rue Belliard, en espérant qu'un riverain la reconnaisse sur ma photo et m'indique son adresse. Mes recherches demeuraient infructueuses. Pourquoi ne l'avais-je pas attachée sur la place Saint-Pierre ? Pourquoi ne lui avais-je pas intégré une puce dans le bras quand elle gonflait ses ballons ? Pourquoi ne lui avais-je pas dérobé son sac, le premier jour, pour regarder ses papiers et connaître, au moins, son identité ? Peut-être ne s'appelait-elle même pas Kristina. Je commençais à me décourager quand je croisai, enfin, une femme qui identifia ma belle sur la photo :

—Je l'ai vue régulièrement, ici. Elle bossait sur le boulevard Ney avec trois autres filles. Oui, je l'avais repérée parce qu'elle avait souvent des marques de coups sur le visage. J'ai essayé de la faire parler mais elle avait peur. Son mac la tabassait.

Je crus que j'allais m'effondrer. Cette révélation m'anéantissait : Kristina, ma princesse vivait l'enfer de la prostitution ! J'avais une furieuse envie de pleurer. La femme œuvrait pour une association d'aide aux prostituées. Elle n'avait pas imaginé que je puisse être un proche de Kristina, elle la croyait totalement isolée. Elle vit que j'avais besoin de soutien, pour affronter la réalité qu'elle venait de me jeter à la figure.

— Ça va, Monsieur ?

. —Pas trop, mais, dites-moi, vous savez où elle est ?

—Malheureusement, je n'en ai aucune idée. Elle essayait d'en sortir. Il ne devait pas supporter ça. Peu avant sa disparition, j'avais dû la faire hospitaliser. Elle avait reçu un coup de couteau dans le ventre et perdait beaucoup de sang. Elle a toujours nié que c'était lui. Je l'ai quand même signalé à la police. Elle est revenue après l'hôpital, une seule fois et on ne l'a plus revue. Elle vivait dans un meublé tout près d'ici et elle a donné son congé, sans laisser aucune adresse, ni aucune information pour la contacter. Son portable ne répond plus. J'ai essayé de la retrouver mais ça n'a rien donné.

Je l'ai remerciée. Je suis passé voir l'ancien propriétaire de Kristina. Je n'ai obtenu que la confirmation des informations données par la militante du Nid[18]. J'étais désespéré. Je ne la reverrai jamais. J'échouai dans le café de notre rencontre et bus du whisky jusqu'à ce que tout se brouille et s'oublie. Je restai au lit pendant une durée indéterminée mais qui fut sans doute très longue si j'en jugeais à l'état de ma barbe et mon aspect de sauvage quand je décidai de me relever. Le courrier n'avait pas été relevé depuis plusieurs semaines, depuis le jour de ma rencontre avec

---

[18] *Le Mouvement du Nid est une association française qui « a pour but d'agir sur les causes et les conséquences de la prostitution en vue de sa disparition »*

Kristina - c'était mon anniversaire et j'avais reçu une carte de ma mère - . Je me résolus donc, après avoir repris apparence humaine, à aller extraire le courrier amassé dans ma boite aux lettres. Au milieu des factures et des journaux qui formaient un bloc compact, je découvris une lettre. Fébrile et envahi de pressentiments, je la décachetai.

Cher Olivier,
Je dois partir. Je dois me cacher. Je dois aussi vivre les vies que je vous ai racontées. Ainsi, je ne vous aurais pas menti. Je ferai le maximum pour devenir une femme bien. Je reviendrai. Si vous m'attendez, nous pourrons reprendre notre histoire là où je l'ai quittée. Il me faudra un peu de temps. Quelques années peut-être. Ne m'en veuillez pas. Je crois que vous m'aimez. Vous m'attendrez, n'est-ce pas ? Vous qui vivez hors du temps, je sais que vous m'attendrez.
Je vous embrasse.
Kristina Lahoda.

Montreuil, le 2 mai 2020

Respire, Asma !

Courir, toujours courir. Elle rêve que tout s'arrête. *Un, deux, trois, soleil !* On ne bouge plus pendant une minute, peut-être même un quart d'heure ou – comble du luxe – une demi-heure. Asma n'a pas un instant de répit. Chacune de ses journées ressemble à une cavalcade qui débute à six heures du matin et ne s'achève qu'à vingt-deux heures. En cette fin d'après-midi, elle se sent au bout du rouleau. Il y a un instant, elle a été prise de vertiges, elle a dû s'adosser au mur pour reprendre ses esprits. Hiba, son aînée a compris qu'il fallait la ménager. Elle a aussitôt interrompu la scène qu'elle jouait à sa mère depuis la sortie de l'école :

— Maintenant que Lola a le sien, toutes mes copines, elles ont un portable. Tu te rends compte, je suis la seule. Pour mon anniversaire, tu m'en achèteras un, dis ? Hein, maman ?

En voyant sa mère vaciller soudainement, elle a même proposé de porter un des volumineux sacs, pour l'aider. Asma doit se ressaisir : ce soir, c'est l'Aïd et toute la famille se retrouve chez les parents de Fathi, son mari. La belle-mère est redoutable. Elle n'a de cesse de critiquer Asma :

Une femme qui ne sait pas cuisiner ne peut pas être une bonne épouse.

Tu élèves mal tes enfants. Ils se croient tout permis parce que tu leur passes tout.

Tu rentres à des heures impossibles. Tu crois que c'est décent de trainer, le soir, sans ton mari.

Tu vas au cinéma, au théâtre,... Après tu t'étonnes d'être crevée et de ne rien faire à la maison. Tu crois que j'allais au théâtre moi ? Non ! C'est pour ça que Fathi, il a bien réussi...enfin, sauf son mariage !

Il faut bien le dire, rendre visite à sa belle-mère constitue une véritable épreuve. Cette femme est vraiment insupportable. Plusieurs fois, elle est même parvenue à faire pleurer Asma. La fière et courageuse Asma aurait aimé un peu plus de soutien de la part de son mari mais, quand elle lui confie la souffrance causée par la hargne de belle-maman, celui-ci se contente de soupirer :

— C'est ma mère, il faut la prendre comme elle est. On ne va pas la changer maintenant. Au fond, elle t'aime bien, tu sais. Essaie de supporter, ne l'écoute pas. Attends que ça passe.

Facile à dire. Ils vont lui rendre visite toutes les semaines. Après sa dure semaine de travail, Asma doit supporter les incessantes perfidies de la reine-mère. Pour ce soir, il faudra penser à amener des gâteaux et des fleurs. Elle se promet d'être la patience incarnée.

—Ce serait bien si tu les faisais, toi-même, les gâteaux, plutôt que de les acheter, a précisé Fathi.

Il est amusant, lui ! Quand aurait-elle pu confectionner des pâtisseries ? Le matin, elle prépare les trois enfants, elle leur sert le petit-déjeuner – à monsieur aussi d'ailleurs, sauf pendant cette parenthèse de trente jours qui va bientôt se refermer -, elle habille la petite Mariam et, si elle a peu de temps avant le départ, il reste toujours pour l'occuper quelques tonnes de repassage, de la vaisselle à ranger, un cartable qui n'a pas été préparé la veille… Ensuite, elle embarque tout son petit monde dans la voiture, dépose les deux grands à l'école et la petite à la crèche. Elle arrive, déjà épuisée, au bureau. Elle a un bon poste, à la direction juridique d'une grande entreprise du secteur de l'édition. Elle s'est donné beaucoup de mal pour se faire une place : elle a eu à affronter racisme et sexisme et batailler pour que son travail soit reconnu à sa juste valeur. Maintenant, les patrons ont pu éprouver ses compétences et dès qu'un dossier présente une certaine complexité, ils savent venir la trouver. Ils louent la pertinence de ses argumentaires, sa fine analyse de la jurisprudence et ses qualités de négociation. Ils en usent et en abusent aussi. Elle travaille souvent tard, emmène des dossiers chez elle, le week-end. Cet après-midi, elle a tardé à produire un protocole transactionnel que son directeur lui avait demandé, le matin même et au sein duquel il venait juste d'apporter un grand nombre d'éléments nouveaux. L'insistance quelque peu agressive de son manager déstabilisa Asma. Elle se contenta de répondre qu'elle s'efforçait d'aller au plus vite. La regardant avec cette arrogance qu'il croit force, il lui asséna :

—C'est vrai : vous faites le Ramadan…

— Ça n'a rien à voir, rugit Asma. Jeûner me donne de la force, si vous voulez tout savoir. C'est dur le premier jour mais au dernier, on a le cœur léger, on ressent une puissance en soi qui permet de tout affronter. Simplement, depuis mon arrivée ce matin, j'ai bossé non-stop. On ne m'a pas laissé souffler. Aucune pause. Des réunions qui s'enchaînent et un dossier hyper-urgent avec des informations dont vous disposiez depuis deux semaines et que vous me demandez de traiter pour le jour même.

Il a compris qu'il allait trop loin. Il a bafouillé quelques mots inaudibles et s'est éclipsé. Elle l'a trouvé définitivement minuscule, avec ses grands discours sur le management et cette manière qu'il a de toujours mettre ses collaborateurs sous pression, avec sa culture de surface et sa vulgarité de fond. Qu'il se moque des croyants et des candides n'est pas le problème : tant de gens se déclarent incroyants et pourtant, ils ont foi en l'homme, en un avenir meilleur, en des valeurs, en la famille, en quelque chose qui les dépasse. Lui, il ne semble empli que de lui-même et guidé que par lui-même.

Elle se rend compte qu'elle pense trop à lui. Pourquoi, en ces temps de fête et de partage, focalise-t-elle sur les individus qui font jaillir de mauvais sentiments ? Elle s'ordonne de se concentrer sur les belles choses et les belles personnes. Elle vient de récupérer les deux aînés, ils sont passés à la boulangerie pour les pâtisseries et ils sont en route pour aller chercher Mariam.

—Papa avait dit que c'était mieux si tu les faisais, les gâteaux, remarque Mehdi, peu amène, qui se prend déjà pour un petit mec, du haut de ses sept ans, et éprouve un malin plaisir à critiquer sa mère.

—Eh bien, j'ai pas eu le temps. Tout le monde peut comprendre ça. En plus, ces gâteaux-là, ils sont délicieux.

Elle reste calme. Elle se gare devant le bâtiment coloré d'où sort un vélo cargo mal assuré avec, à son bord, deux bébés casqués.

—C'est les jumeaux, s'exclame Hiba.

Asma et ses enfants croisent très souvent l'équipage. Comme à chaque fois, elle adresse au papa cycliste un petit salut amical. C'est une forme de rituel. Sans doute ne feront-ils jamais plus ample connaissance. Elle pense : *ces grandes villes où les gens se croisent sans se connaitre, voisins de paliers, parents des élèves qui ne sont pas les amis de nos enfants, habitués des commerces aux mêmes heures que nous...*

Mariam a l'air très agitée. Asma prend les sacs remplis de pâtisseries qu'elle avait calés sur le siège pour bébé et elle les dépose à la place du conducteur. Elle installe la petite et claque la portière. Elle n'a pas le temps de remonter dans la voiture que des cris et des pleurs retentissent à l'arrière de la voiture.

—Elle m'a tiré les cheveux et je l'ai juste repoussée, clame Mehdi qui prend les devants car il sait bien que les frères aînés ont toujours tort et les petites sœurs toujours raison.

—Y m'a fait mal ! Y m'a fait mal ! pleurniche Mariam.

La pauvre mère de famille, qui puise dans ses plus profondes réserves de zénitude, ouvre de nouveau la portière, console la fillette, lui demande de laisser son frère tranquille, rappelle gentiment et avec beaucoup d'empathie au frère qu'il doit se comporter en grand. Quelques protestations se font encore entendre. Alors, Asma sort l'arme fatale :

—C'est comme ça que tu honores Dieu ?

Elle apprécie le silence qui suit. Elle se demande toutefois comment elle va réussir à assurer, dans un état de fatigue aussi avancé. Si elle semble absente, elle va s'entendre appeler fainéante mais si elle réagit, elle risque de s'emporter. Absorbée dans ses pensées, elle remonte dans la voiture et s'effondre littéralement sur son siège. Il est trop tard quand elle entend Hiba crier :

—Maman ! Les gâteaux !

Tout les quatre éclatent de rire. *Un, deux, trois, soleil !* Ils rient pendant une bonne minute, peut-être un même quart d'heure ou – comble du luxe – une demi-heure.

Montreuil, le 21 mai 2020

Aller – retour

Le petit homme en gris se hisse dans le train. Difficilement. Cette fichue hanche métallique lui dicte ses mouvements. Comme si ce corps étranger avait pris le pouvoir sur son corps de vieillard. Il avait été bien stupide d'écouter sa fille. Et le voisin. Et la boulangère. Tous ont profité de sa faiblesse, l'hiver dernier, de sa petite déprime, pour l'envoyer se faire charcuter. Ça faisait pourtant quinze ans que sa hanche était médicalement hors service. Peut-être même plus. Et il avait toujours souffert en silence. Cela ne l'avait jamais empêché de courir la vie, de parcourir le monde, de grimper les montagnes, de danser sa joie. Il forçait même exprès, pour la frime. Il aimait le ski de fond, le vélo et rester toujours le roi des battants. On lui avait dit plus de mille fois : *il faudra envisager la prothèse. Vous verrez, ça vous changera la vie.* Il avait préféré les cures au Mont Dore. C'était un peu chiant parfois mais il avait gardé tous ses os. Jusque là…

Et maintenant, voilà que ce truc de métal le bloque là, ridicule, juste à l'entrée du wagon, après la marche. Une grande femme distinguée au chic Chanel lui prend le bras et le soutient jusqu'à la première banquette. Un homme presque aussi vieux que lui libère la place et va s'asseoir plus loin. Il les remercie et s'enfonce dans le fauteuil, un peu honteux. Il a même rougi. Il tousse pour retrouver sa dignité.

Et il sourit.

Ce train l'emmène à la gare de Deauville - Trouville, après il prendra un taxi pour rejoindre sa petite villa près de la Corniche. Il l'avait achetée avec Marie. Pour que les enfants puissent venir à la mer. Marie aussi adorait la mer. Heureusement parce que les enfants ne venaient pas si souvent. Alors le couple de retraités vivait à Paris l'hiver et l'été et à Trouville aux saisons dont les jours étaient déjà assez beaux pour leur donner la douceur sans les hordes de touristes. Maintenant, il vient tout seul. Pour continuer... Une fille chante. Elle a un casque sur la tête. Elle ne s'entend pas chanter. Elle agace les autres passagers. Pas lui. Elle est radieuse, comme Marie. Ces paroles lui iraient comme un gant : *tu comprendras plus tard mais il est plus tard et je ne comprends pas* de Bigflo et Oli.

Il sourit.

Il fouille dans la poche de son manteau posé sur le siège d'à côté et en sort une boite de pastilles à l'anis. Il en prend une et présente la boite au couple BCBG qui est installé en face, à côté de la fille, et qui n'en finit pas de pester contre Bigflo et Oli. Le monsieur accepte, par politesse. Cette incursion dans leur double monologue râleur les force à un échange courtois. Des banalités sur la Normandie.

Le petit homme est content.

Son entreprise de pacification a réussi. Du coup, la fille arrête de chanter. Elle enlève son casque et se lève ; elle est si mince et si agile qu'elle n'oblige pas ses voisins à se contorsionner pour la laisser passer. Elle se dirige vers la tête du train. Elle va sans doute au bar. Petit homme se dit : »Si j'y allais ! » C'est bien de vieillir, on peut aborder les jeunes femmes inconnues sans qu'elle s'imagine que c'est de la drague. Un petit papy à l'allure aussi respectable peut se permettre toutes les audaces en ce domaine sans éveiller le moindre soupçon. Encore faut-il accéder au bar ! Sa démarche n'est pas très assurée. L'horrible hanche ne le trahit pas cette fois. En revanche, la bonne Samaritaine qui l'avait aidé à accéder à sa place le toise : il aurait fallu qu'il reste posé bien sagement là où elle l'avait rangé. Quel désordre ! Elle est choquée : les vieux ne respectent plus rien ! Lui, il se dit qu'il faut se méfier des apparences, il a toujours détesté ces âmes charitables qui considèrent leurs bons soins comme autant de créances à payer en dépendance sonnante et trébuchante : être aidé par elles, c'est devenir objet de leur bonté. Mais suivons la fille ! Elle file, il file. Elle ouvre la porte de la voiture – bar et entre. Il arrive épuisé, elle n'est pas là. Il explore du regard tout le wagon, elle n'est pas là. Dépité, il reprend le pénible chemin du retour. Il revient à sa place, se rassoit, elle n'est pas là. A Deauville, sur le quai, dans la gare, il ne la reverra pas.

Deux ans plus tard, notre petit homme vit toujours au rythme de ses transhumances ; il est sur le chemin du retour vers Paris cette fois, le plus dur, celui de l'hiver. Il est un peu plus vacillant, un peu plus vouté aussi mais il a toujours son sourire malicieux. Une belle femme s'assoit en face de lui, juste en face, elle est vêtue de rouge, elle porte un bébé. Elle ne chante pas.

—Je ne sais pas où vous êtes allée mais j'ai mis du temps à retrouver votre route, lui confie-t-il.

Il sourit.

Elle aussi mais elle se relève :

— Je vais m'installer plus loin, il y a des places libres ; le petit fait ses dents et pleure souvent, il risque de vous déranger.

—J'aime tellement être dérangé.

Elle pense qu'il l'est déjà passablement mais il n'a pas l'air dangereux alors elle reste. Ils parleront un peu, il la fera rire et elle le fera rêver. Le voyage sera agréable. Tellement vite passé. Et pourtant, « *c'est la première fois que je viens à Deauville* » lui serrera un peu le cœur. Elle doit avoir mauvaise mémoire, ce n'est pas grave.

— On se reverra peut-être une prochaine fois, Deauville nous a plu, on reviendra. Alors qui sait, vous retrouverez peut-être ma route… Au revoir, Monsieur, ce fut un plaisir de voyager avec vous.

Et elle chantonne : *tu comprendras plus tard, tu comprendras plus tard ...*

Lyon, 2005 (j'ai changé la chanson pour que ce soit plus contemporain)

La collection

Jacques se savait condamné. Il souffrait beaucoup malgré les médicaments. Tous les jeudis, comme le renard attend le Petit Prince, Jacques attendait Lucie. Lucie venait lui rendre visite. Comme ça. Parce qu'elle voyait que sa présence lui apportait un peu de chaleur, un peu de joie. Elle n'avait jamais posé de questions sur sa maladie. Elle avait compris que Jacques ne le voulait pas.

Le premier jour, Lucie avait dit :

—Tiens, tu collectionnes les coquetiers ?

—Oui regarde, j'en ai en forme de toutes sortes d'animaux, j'en ai en bois, en argent, en porcelaine. J'en ai de différents pays. Et toi, tu collectionnes quelque chose ?

—Moi, je collectionne les lumières qui s'allument dans les yeux des gens.

—C'est drôle. Et comment peux-tu les montrer aux autres ?

—Pour ça, il faut que je raconte l'histoire de chaque lumière. Je crois qu'en disant comment la lumière est venue dans leurs yeux, alors peut-être, je peux te montrer cette lumière.

—Si tu le veux bien, à chaque fois que tu viendras me voir, tu allumeras pour moi une lumière de ta collection.

Elle avait dit oui.

Chaque jeudi, pour Jacques, Lucie faisait revivre ces instants magiques où des hommes, des femmes, des enfants croisés par elle, sont passés de la tristesse à la joie, du découragement à la confiance. Et chaque jeudi, Jacques revoit leurs yeux s'éclairer.

Les yeux de Christine qui, après le choc du licenciement, apprend l'action collective et la solidarité.

Les yeux de Jean Luc la première fois qu'il a osé parler en public, lui si timide, si peu sûr de lui.

Les yeux de Jocelyne quand elle a compris que ses enfants avaient besoin d'elle, même toute cabossée, et qu'elle a commencé à remonter la pente de la déprime.

Les yeux de la petite Céline quand elle a pu montrer à sa maman qu'elle aussi était capable de faire quelque chose de bien.

C'est beau les yeux qui s'allument. Jacques, ça lui apporte de la chaleur et de la joie.

Un jour, Jacques allait vraiment très mal, il respirait difficilement, il était sous perfusion. Depuis un mois, Lucie avait dû changer de chemin, le jeudi soir. Elle n'allait plus chez Jacques mais au centre de soins palliatifs de Nantes. Jacques voulait toujours entendre les histoires des lumières.

Alors, elle avait continué. Ce soir-là, Lucie éprouvait difficulté à raconter, les mots se bloquaient un peu dans sa gorge. Elle avait peur pour Jacques. Elle voulait cacher sa peur mais elle n'y arrivait pas.

—Ne t'inquiète pas, dit Jacques. Il s'arrêta, ferma les yeux.

—Ne t'inquiète pas. Je pars en paix… En plus, j'ai plein de lumières avec moi. Je verrai toujours clair et j'aurai pas froid…

Lucie sourit pauvrement. Il la regarda. Jacques n'avait plus de regard, ses yeux s'étaient déjà éteints. Pourtant, juste avant que ses paupières ne se ferment, Lucie vit, comme irradiant son visage, la plus belle des lumières.

Lyon, 2006

Evasion en boucle.

— Là vraiment, je peux pas continuer. C'est pas possible. Tu te rends compte ce qu'ils me demandent de faire. Publier ces articles qui ne sont qu'un tissu de mensonges à la sauce café du commerce. Comment peut-on faire passer ces idioties pour des analyses scientifiques ?

Sébastien s'enflamme, étendu sur son lit, en appui sur un coude, le portable dans une main, un grand bol de café noir dans l'autre. A l'autre bout du fil, la voix est posée, elle se veut apaisante, malgré tout. Le quinquagénaire, à la tête d'éternel adolescent, écoute en dodelinant de la tête. Il interrompt son interlocutrice :

—C'est pas anodin. C'est de la grossière manipulation : prétendre que l'on peut douter du lien entre le réchauffement climatique et l'activité humaine sous prétexte que le mois de janvier a enregistré au Québec les températures les plus basses depuis dix ans alors que, dans le même temps, la croissance économique du Canada a fait preuve d'une bonne tenue. Sortir des chiffres sur une journée, en un lieu, c'est du grand n'importe quoi !

L'amie, à qui il confie son désarroi, essaie de relativiser :

—Tu publies souvent des articles avec lesquels tu n'es pas en accord, non ?

—Quand je ne suis pas d'accord mais que le propos est appuyé sur des données scientifiques et un raisonnement logique, je n'y vois pas de mal. Cependant, tu as raison, notre site devient coutumier du lobbying malhonnête. C'est ce que je ne peux plus supporter. Pourquoi crois-tu que le patron nous demande de diffuser ces articles ?

—Parce qu'il a touché bonbon[19] pour le faire.

—Il a perçu des sommes faramineuses des grandes compagnies pétrolières et comme par hasard, ça tombe juste avant la COP21[20]. Je peux te dire aussi que tout n'a pas été versé pour la boîte, une partie est allée directement dans les poches du boss.

La fille n'est plus calme et rassurante du tout :

---

[19] *Bonbon : cher*

[20] *La COP21 est la 21e Conférence des parties (COP) à la Convention cadre des Nations Unies sur les changements climatiques de 1992, réunissant 195 États et l'Union Européenne, après celle de Varsovie (COP19) et Lima (COP20). Elle s'est tenue du 30 novembre au 11 décembre 2015 à Paris-Le Bourget (93), sous présidence française.*

—C'est dégueulasse !

—Tu comprends que je ne puisse pas cautionner tout ça.

—Tu comptes faire quoi ?

Elle vient de prononcer la question qui tue. A cinquante ans, ses perspectives de retrouver un emploi s'avèrent quasi-nulles. Dans son secteur, comme dans presque tous, la case senior, c'est le cercueil professionnel. Sa femme a arrêté de travailler pour les enfants, le petit dernier continue ses études et ils n'ont pas encore fini de rembourser le prêt pour l'appartement. S'il démissionne, il ne bénéficiera même pas des allocations de chômage…Il pourrait demander une rupture conventionnelle mais ces profiteurs sans foi ni loi lui refuseraient. Les états d'âme sont affaire de faibles et de lâches. Les traîtres qui abandonnent le navire, même s'ils sont vieux et coûteux en salaire et charges, ne méritent que de sombrer dans la misère. En complément du refus, une telle demande risque de le plonger dans les affres du harcèlement moral. Il sait qu'il n'y résisterait pas et finirait par partir sans indemnités, de toute façon.

La conversation terminée, Sébastien consulte compulsivement tous les sites d'offres d'emplois. Il n'ose pas en parler à sa femme, il imagine ses réponses : l'appartement, les enfants, la maison,...Il passe des appels à tous ses amis, pour – dit-il – être aidé à prendre une décision. En fait, il ne croit pas trop à cette démarche. *Comment Thierry pourrait-il valider son départ pour raisons déontologiques, lui qui bosse dans une banque ? Comment Eric, qui avale des couleuvres depuis cinq ans, comme DRH dans une entreprise qui délocalise à tour de bras, imaginerait-il que la souffrance de Sébastien est insoutenable ?* N'ayant toujours pas décollé de son lit, il rappelle, pour la troisième fois, son collègue, celui qui est chargé, avec lui, des publications sur le site « scientifique ».

—Quoi ! Tu vas nous faire pirater !

Il n'en revient pas. Le sabotage : il fallait y penser. Hedi connait des Anonymous[21]. Sébastien se lève. Il enfile son blouson et chausse ses baskets. Il sort, il va se changer les idées. Bizarrement, la perspective du piratage ne le

---

[21] *Anonymous, c'est le nom d'un mouvement de pirates du Web. Ils dénoncent, à travers leurs actions, ce qu'ils considèrent comme des atteintes aux libertés individuelles ou collectives.*

tranquillise pas. Ce ne sera qu'un maigre répit. Après, tout recommencera. Ils ne servent que de relai aux lobbys les plus puissants et les plus mortifères de la planète. S'il démissionne, il sera libre, il pourra dénoncer ce scandale, faire bouger les lignes... Avec son petit porte-voix de pacotille ? Du haut d'une de ces dérisoires tribunes improvisées avec un groupe d'amis ? Il ne sait pas, il ne sait plus. Il s'arrête devant un bistrot. Il ne le connait pas, celui-là, il n'y est encore jamais entré, il est pourtant tout proche de chez lui. Il découvre un petit troquet hors du temps où de vieux chibanis jouent aux cartes en sirotant du pastis ou du thé. Une femme obèse s'absorbe consciencieusement dans le nettoyage du comptoir avec une lavette si noire qu'elle doit produire l'effet inverse de celui escompté. Un petit homme sans âge, portant un costume gris hors d'âge est plongé dans la lecture d'un roman d'amour. De jeunes ouvriers boivent une bière, en fumant sans vergogne, comme si la loi Evin[22] n'était toujours pas entrée en vigueur.

Comment peut-on vivre en tenant ce genre de café ? Son arrière-grand-père était cabaretier.

---

[22] *Loi Evin : loi de 1991 (réellement mise en application en 2007) qui vise à lutter contre le tabagisme et l'alcoolisme.*

C'était le décor des douces années de mamie : le Cabaret Rond, quai de l'Ouest à Lille, avant la Première Guerre mondiale. Les histoires du Cabaret Rond avaient bercé l'enfance de Sébastien. Il a souvent rêvé de tenir un café. Des rêves sans lendemain. Il aimerait créer un lieu de convivialité. Les gens viendraient s'y divertir et fraterniser. Des liens s'y tisseraient, des amitiés et des amours. On pourrait y entendre des discussions passionnées, des coups de gueule, des serments murmurés, des rires, des pleurs, des paroles de soutien et de réconfort, des remontrances et des reproches, on y entendrait les petites histoires des hommes et des femmes ordinaires. On laisserait entrer par la fenêtre « des nuages, des oiseaux et les larmes des hommes.»[23]

Il ferme les yeux. Il n'a rien commandé et personne ne s'en émeut. Il tire de sa poche, son petit carnet vert et un crayon à papier bien taillé, il les dépose sur la table devant lui et commence à écrire :

---

[23] *"Je me sens chez moi dans le monde entier, partout où il y a des nuages, des oiseaux et les larmes des hommes."* (Rosa Luxemburg - Lettre à Mathilde Wurm, 16 février 1917)

Titre : Evasion en boucle.

— Là vraiment, je peux pas continuer. C'est pas possible. Tu te rends compte ce qu'ils me demandent de faire. Publier ces articles qui ne sont qu'un tissu de mensonges à la sauce café du commerce….

Montreuil, le 22 mai 2020

Troisième partie – Le temps des commencements

Papillon jaune

Le parc exhalait le délicat parfum des roses et celui plus vif de l'herbe coupée. Une épaisse haie étouffait les bruits de la rue et en cette heure matinale, seuls quelques joggers solitaires parcouraient les allées, un casque leur enserrant la tête. Gérald Besnainou pouvait goûter les plaisirs offerts par son petit coin de nature, sans dérangement. Il captait le chant du pinson et celui de la mésange, la caresse de la brise et le réconfort chaleureux des premiers rayons de soleil. Il pouvait, sans passer pour fou, caresser le tronc des arbres, saluer les canards et contempler, immobile, la progression d'un scarabée qui s'aventurait imprudemment dans l'allée. Entre huit heures trente et neuf heures trente, Monsieur Besnainou, retraité de la Banque de France, se promenait au jardin botanique. Avec une régularité d'horlogerie suisse, la dévotion d'une carmélite, la passion d'un jeune amoureux transi, il se consacrait entièrement à ce rituel de communion avec les fleurs, les arbres et les oiseaux.

Il irait ensuite au café de la Poste boire un petit noir, discuterait avec Joseph et Pierrot, puis il repartirait, passerait devant les anciens bâtiments de la Banque de France, avec un pincement au cœur et il rentrerait chez lui. Le médecin l'avait félicité :

—C'est bien, cette marche, tous les jours. C'est bon pour votre cœur.

Il supportait mal qu'on lui parle comme à un enfant, en le félicitant pour l'encourager. Il n'avait nul besoin d'encouragement : la ballade, ça lui faisait plaisir, comme le petit Porto le soir et il n'imaginait pas le docteur le féliciter pour le Porto. Mais il répondait quand même par un sourire complice à ce médecin auquel il savait gré de ne pas le forcer à effectuer des examens contraignants ou à prendre des traitements aux effets secondaires gênants. Monsieur Besnainou ne tolérait pas les contraintes. Il s'était toujours demandé comment la Banque de France avait pu s'accommoder d'un esprit rebelle comme le sien et lui offrir quelques promotions. Sans doute, à cause de son apparence trompeuse. Avec ses traits fins, sa voix douce et posée, ses gestes précis et presque précieux, on ne se méfiait pas de lui. Enfant il désespérait son père, ce patron autoritaire, expansif et explosif. Il ne s'était jamais marié, vivait seul et sans famille.

Il trottinait maintenant vers la roseraie, il irait s'asseoir sur l'un des bancs de la deuxième section, à côté de la fontaine aux trois lions. Il sortirait de sa poche les biscuits au sésame bio et la pomme qu'il avait préparés comme au bon vieux temps où il ne se contentait pas de petites promenades d'une heure mais participait à des randonnées d'une journée au niveau de difficulté bien corsé. Il sourit à l'évocation de ces vacances où il tenait une sorte de tableau de chasse sur lequel il notait les sommets de plus de trois mille mètres qu'il avait vaincus. Il arrivait dans la deuxième partie de la roseraie. Consternation : le seul banc au soleil était pris ! Il s'approcha néanmoins, plus par curiosité que par opiniâtreté. D'habitude, il n'y avait jamais personne. Qui pouvait bien s'abandonner comme lui à la volupté procurée par le spectacle du réveil des roses ? Sa surprise s'amplifia encore lorsqu'il découvrit qu'il s'agissait d'une minuscule fillette à la mine boudeuse et aux bras croisés, non pas dans la posture de l'enfant sage mais dans celle du guerrier prêt à en découdre.

Le retraité, bien que fuyant généralement la compagnie des enfants, entendit l'appel du devoir qui lui soufflait de porter secours à cette petite fille abandonnée, perdue ou échappée. Il s'assit à côté d'elle.
— Tu es perdue ? demanda-t-il de sa voix la plus suave.
—Je ne dois pas parler aux étrangers. Il y a plein de pédophiles dangereux qui courent les

rues et je n'ai pas du tout envie de me faire prendre par l'un d'eux. Ils ne pensent qu'à violer les enfants. Il faut faire attention, être prudent et se méfier des gens.

Elle devait avoir, tout au plus, six ou sept ans et il fut passablement déstabilisé par son discours. Elle répétait assurément les propos des adultes mais paraissait tellement avertie que Gérald Besnainou mesura le fossé entre la lucidité de cette môme et la candeur des gamins de son époque à lui.
—Je comprends cela, tu as raison, reprit-il, mais je suis inquiet de te voir comme ça, toute seule, ici. Tu es venue comment ?
—Je suis venue avec ma maman. Elle va revenir. Elle m'a dit de l'attendre ici.
Il n'y crut pas.
—Je vais attendre avec toi. Tu t'appelles comment ?
Elle ne répondit pas. Son excessive hostilité trahissait un autre motif que la prudence inculquée par maman.
—Voudrais-tu un biscuit ? tenta-t-il.
A ses joues bien rondes et ses membres potelés, on devinait que la gourmandise pouvait être son talon d'Achille.
—J'accepte, dit-elle, mais je ne vous suivrai pas dans votre voiture, je vous préviens.
—Je n'ai même pas de voiture.

—Comment ça pas de voiture ? Mais comment vous faites vos courses ? Et comment vous allez en vacances ?

—J'ai dans ma rue un boucher, un boulanger, un épicier…

—Nous on va à Auchan, et même des fois, on fait les courses en drive.

—Vous êtes modernes.

—Et vos vacances ?

—Je pars peu, tu sais et je prends le train. Tu es sûre que ta mère va arriver ?

—Oui mais tu n'es pas du tout obligé d'attendre avec moi.

Elle s'était mise à le tutoyer comme s'il était devenu un familier. Il resta avec elle, il laissa passer l'heure du café, Pierrot allait s'inquiétait, lui qui était d'un tempérament si bileux. Gérald finit par oser lancer :

—Moi, je crois que tu es arrivée ici toute seule et ta maman ne sait pas que tu es dans ce parc.

— Tu m'accuses d'être une menteuse ?

—Non, pas exactement. Je crois que tu aimerais bien que ta mère vienne te chercher mais elle ne viendra pas

—Tu devines les choses.

—Je suis un magicien.

Elle eut un hochement de tête qu'il prit pour un signe d'admiration. Gérald se sentit encourager à poursuivre :

—Je lis dans les pensées.

—Oh mais ça, ce n'est pas de la magie. Moi aussi, je sais le faire. Toi par exemple, tu t'ennuies tout seul. Alors, tu fais semblant de t'intéresser à moi parce que ça t'occupe un peu.

Il ne pouvait pas le nier.
—Ok, mais toi, tu as quitté ton appartement - ce qui est à la fois, très courageux et très imprudent – parce que ta mère te laisse toujours toute seule, à la maison.
—Elle travaille tout le temps, même le week-end.
—Il n'y a personne pour te garder ?
—Non, mais d'habitude, ça va. Là, j'ai peur parce qu'il y a des drôles de bruits qui sortent des murs. On dirait des cris de fantômes ou de monstres. J'ai eu peur.
—Tu veux que je vienne les chasser ?
—Tu crois vraiment que je vais faire rentrer un inconnu chez moi ?
—Je ne suis plus un inconnu puisque tu lis dans mes pensées.
—On ne sait jamais. Quelque chose pourrait m'échapper.
—Alors, tu veux venir chez moi ?
—C'est encore pire.
—Bon, donc on reste là ?
—C'est une bonne idée. Tu pourrais m'emmener là où il y a les balançoires et les jeux

pour enfants. Je ne les ai pas trouvés toute seule. Je m'appelle Lou.

Le monde commençait à arriver dans le jardin botanique. En ce samedi de printemps, les familles venaient profiter de cet espace de verdure. Il prit la gamine par la main. Il pourrait lui donner rendez-vous, tous les matins, dans ce parc. Il pourrait l'emmener à l'école. Il pourrait lui offrir un jouet… Elle avait abandonné son air renfrogné et un magnifique sourire illuminait son visage. Avec sa petite robe jaune à volants, elle ressemblait à un papillon qui voletait entre toboggan et tourniquet.

—Regarde ce que je sais faire !

Elle s'accrochait au plus haut de la cage à poules et lâchait une main. Elle courait, voltigeait et lui adressait des petits signes qui le comblaient de joie. Ils se quittèrent vers onze heures. Il se demandait si pour le déjeuner, la mère de Lou lui avait préparé quelque chose qu'elle puisse réchauffer au micro-ondes. Il ne posa pas la question. Ils se retrouveraient demain. Il rentra directement, sans s'arrêter au café de la Poste, sans passer devant les locaux où il avait consumé une grande partie de sa vie.

Un magnifique papillon jaune habitait maintenant son esprit et venait illuminer son regard.

Quand Gérald Besnainou composa le code d'entrée de son immeuble, il crut sentir le contact d'une main sur son épaule mais, se retournant, il ne vit personne. Pourtant Cassiel était bien là et lui souriait. Le jeune ange éprouvait une grande joie mêlée de fierté : il avait réussi sa première mission en tant que tisseur de liens entre les âmes esseulées. La porte s'ouvrit et Cassiel s'envola.

Montreuil, le 26 avril 2020

Premier rendez-vous

Elle était tout excitée, Léa. Il lui avait donné rendez-vous à l'heure du thé. Il s'appelait Timothée et l'heure du thé approchait. Ils s'étaient rencontrés sur internet, par l'intermédiaire d'un de ces sites de rencontres comme il y en avait tant depuis que l'on passait plus de temps devant son ordinateur qu'au contact direct de ses semblables. Elle avait eu une chance extraordinaire : alors que toutes ses amies tombaient sur des décérébrés plus ou moins obsédés et laids comme des poux, elle avait décroché le gros lot. Son Timothée était un homme cultivé, délicat, au physique de jeune premier. Il était poète de son état. Ils avaient échangé des heures durant par clavier interposé. Bien loin des *« je te kif grave »* et autres platitudes en style texto, leurs messages prenaient la forme de longues missives dans la grande tradition épistolaire des siècles précédents. Peu importait que ce prince charmant fût muet de naissance, il avait tant à exprimer qu'ils sauraient inventer mille autres manières de communiquer.

Au moindre bruit de pas dans le couloir, Léa sursautait, prête à bondir pour ouvrir la porte. Elle s'était mise sur son trente-et-un, avait effectué, en ce mois d'octobre, son grand rangement de printemps et elle attendait, déverrouillant régulièrement son portable pour contempler, en fond d'écran, cette photo de lui reçue la semaine précédente.

Il arriva sans bruit de pas et dédaignant la sonnette, il frappa trois coups brefs à la porte. Tout de noir vêtu, il s'empressa d'entrer, repoussant presque au passage la frêle Léa. Une fois la porte refermée, il lui sourit pour dissiper les craintes qu'avait pu faire naître son entrée spectaculaire. Il ouvrit largement les bras pour signifier son amitié. Il portait des gants.
— Bienvenue, Timothée. Asseyez-vous, je vous en prie, l'invita Léa, mi-impressionnée par ses manières mystérieuses, mi-subjuguée par sa prestance.
Il prit place dans l'un des fauteuils Ikéa du petit coin salon aménagé par Léa dans son trente-cinq mètres carrés. Elle s'installa en face de lui et s'apprêtait à lui faire compliment sur son dernier poème quand il avança sa main toujours gantée sur la table et traça très distinctement, d'un geste précis, un A majuscule.

A comme quoi ? A oui, mais encore ?

Léa s'emballa : A comme amour. Il lui faisait une déclaration. Il était rapide, il était direct. Il brûlait de passion pour elle et c'est ce que signifiait cette lettre A. Elle rougit de bonheur. Son cœur battait la chamade. Allait-il se jeter sur elle pour l'embrasser ? Elle dirait oui, mille fois oui. Depuis dix ans, elle rêvait qu'un mystérieux inconnu vînt l'enlever et l'emportât avec lui sur son cheval blanc…

Il secoua la tête et de nouveau, de son doigt dessina sur la table la première lettre de l'alphabet.

Léa fut, un instant, dépitée. Elle comprit alors : A comme aventure. Timothée, pirate moderne, recrutait pour constituer sa bande. Ils partiraient à l'assaut de vaisseaux chargés d'or et de minerai, ils parcourraient le monde, inventant leur destin et construisant leur légende. Ils seraient les nouveaux *Bonnie and Clyde*, semant la terreur et le scandale. Libres, ils vivraient la grande vie…

Elle se leva pour chercher le thé et les gâteaux. Quand elle revint, il avait l'air agacé, il gesticulait dans son fauteuil. Il repoussa la tasse de thé et, pour la troisième fois, il écrivit le A obsessionnel.

Ça y est ! Elle savait maintenant la signification de ce caractère : A comme aujourd'hui. Il l'invitait à goûter l'instant présent. Adepte d'Epicure, il voulait qu'à deux, ils jouissent. Fi du thé et des biscuits ! Il fallait qu'ils s'enivrassent. Elle apporterait donc du bon vin et des mets délicats. Elle organiserait une fête et ils iraient se promener dans les forêts rougeoyantes, respirer l'odeur de l'humus, ramasser les derniers champignons et s'émerveiller lorsque détalerait devant eux la biche effarouchée…

Il grommelait maintenant. Elle y mettait vraiment de la mauvaise volonté.

A comme anarchie : elle jeta la théière par terre, elle engloutit d'un coup tous les biscuits et monta sur la table en poussant des cris de sioux.

Timothée s'adoucit, dépassé par ce qu'il avait déclenché. Il la prit par les épaules et les massa légèrement, puis il l'aida à se rasseoir. Il ramassa les débris de la théière qu'il déposa dans la corbeille à papiers. Il avait cependant gardé ses gants. Reprenant place en face d'elle, il traça encore, toujours très calmement la lettre A.

Léa avait perdu toutes ses forces, tous ses élans, elle se retrouvait prostrée face à cet homme qui maintenant la tenait comme une pauvre marionnette. Sa voix chevrotait, comme celle d'une vieillarde :

— *A, noir corset velu des mouches éclatantes*

Qui bombinent autour des puanteurs cruelles[24].

A comme Arthur ?

Il fit non de la tête.

— A comme Antonin Artaud ?

L'inspiration n'est qu'un fœtus et le verbe aussi n'est qu'un fœtus.[25]

Il fit non de la tête.

Léa s'endormit. Il la prit dans ses bras et la déposa sur son lit. Il nettoya le thé sur le sol, rangea les tasses et l'assiette qui avait contenu les biscuits. Sans un bruit, il sortit.

Quand la jeune femme se réveilla, elle se sentait groggy, un peu comme si elle avait la gueule de bois. Elle n'avait rien bu. Elle détestait ce lugubre visiteur dont elle attendait de belles histoires, des mots doux et de riches partages et qui n'avait su exprimer qu'une lettre. Il avait été pitoyable. Certes, il avait ses grands airs, son panache et ses gants. Il se la jouait grand seigneur. Mais, au fond ce Timothée n'était qu'un minable, un pauvre type. Elle s'était laissé piéger par les illusions des rencontres virtuelles. Comme ses amies, elle était mal tombée. Combien elle

---

[24] Voyelles d'Arthur Rimbaud

[25] Blanchenoir d'Antonin Artaud

avait été naïve, prenant ses rêves pour des réalités ! Son côté fleur bleue l'avait trompée. L'homme n'avait dit que A. Il fallait bien reconnaitre quand même que cette simple lettre avait fait passer Léa par toutes les émotions, par tous les rêves. Elle avait éveillé en son cœur des sentiments cachés, elle avait suscité des images, des espoirs, des transports, elle avait allumé des feux, déclenché des incendies. Finalement, cette conversation ne fut pas si pauvre. Non ! On pouvait même estimer qu'ils avaient passé un après-midi intéressant. Elle avait presque envie de le revoir. Le revoir, pourquoi pas ? Souvent quand les vieux couples évoquent leur première rencontre, c'est d'une banalité affligeante. Eux s'en souviennent avec émotion et s'imaginent que l'évènement est extraordinaire. En réalité, leurs débuts se ressemblent. On peut les résumer en deux scénarii : le coup de foudre ou une répulsion de départ qui se transforme peu à peu en amour. Léa, elle, venait de vivre, une première rencontre tout à fait originale. Comment ne pas avoir l'assurance qu'une histoire débutant de manière aussi singulière serait une belle histoire ?

Que lui avait apporté ce Timothée ? Il avait révélé les forces créatives de Léa. Elle se sentait maintenant capable d'écrire, d'inventer des histoires, des paysages, des mondes. Il avait posé le A de l'alphabet de leur vie. Il avait signé un beau préambule.

Léa connecta son ordinateur. Elle tapa :
« *Vivement le B !* »

Montreuil, le 14 mars 2020

L'apprenti

Blouses blanches affairées, patients au pas hésitant et visiteurs au regard perdu et inquiet se croisaient en un étrange ballet. A dire vrai, le couloir d'hôpital au milieu duquel il se trouvait planté, depuis près d'une heure, à attendre pour sortir, tenait plus de la fourmilière que de la scène du Palais Garnier. Michel regarda sa montre, en un geste machinal et malgré la pendule qui trônait en face de lui. Il n'était pas autorisé à partir seul dans son état. Et comment fait-on quand on n'a personne ?

— Vous voulez qu'on vous appelle un taxi ?
—Non, pas de taxi. Prévenez ma fille.
—Vous n'avez pas de portable ?

Non, il n'avait pas de portable. Extraordinaire, n'est-ce pas ? Il n'était pas si vieux que ça et pourtant il se refusait à toute technologie moderne. Quand il voyait tous ces zombies les yeux rivés sur leur appareil et le casque sur les oreilles, il se disait que non, décidément ce n'était pas pour lui : l'addiction, il avait déjà donné. Alors, il se contentait de son téléphone fixe et se trouvait injoignable dès qu'il quittait son domicile.

Pendant son séjour à l'hôpital, sa fille, Vanessa, avait payé pour qu'il ait téléphone et télévision dans la chambre. Lui, il n'aurait pas mis un sou là-dedans : à l'hôpital, tout devait être gratuit. Vanessa avait été aux petits soins. Pourquoi s'occupait-elle de lui ainsi ? Ses seules visites, c'était elle. Les vêtements emmenés et rapportés lavés, c'était encore elle. Elle lui avait même apporté un bouquet de fleurs pour égayer sa chambre. Il savait donc qu'elle viendrait le chercher pour le ramener chez lui, elle lui avait dit : *quand tu sors, préviens-moi*. Il ne méritait pas cette gentillesse, il ne méritait pas une telle attention, lui qui avait tout raté. Père absent, mari absent, alcoolique pendant dix ans, il finissait tout seul, vivotant médiocrement, inutile, déglingué et désabusé.

—Tu as quand même réussi quelque chose, Michel – elle ne l'appelait pas papa -, reconnais-le. Tu as réussi ta fille, affirmait Vanessa, avec un air qui portait à la fois tendresse et espièglerie.

Il lui répondait par un sourire reconnaissant. Il savait qu'il n'avait pas été là pour lui tenir la main, ni pour ses premiers pas, ni pour passer son bac. Il préférait traîner les bars pour se donner l'illusion d'une toute puissance alors qu'il tombait toujours plus bas, s'éloignant des siens et des autres. Sa femme n'avait plus supporté, elle avait fini par le plaquer. Elle avait pourtant fait preuve de patience, avait tenté de l'aider, usant tour à tour de douceur, de fermeté, de chantage, de discours et de larmes. Au fond du gouffre, il avait eu la chance de croiser de bonnes âmes et il avait, en un sursaut d'humanité et d'aspiration à la dignité, su saisir les mains qui se tendaient. Il avait repris pied, retrouvé un boulot et même s'il était considéré comme « fragile », « à surveiller », peu sociable, au moins n'était-il plus un marginal. Il avait réussi à passer de l'état de déchet à celui de légume et pouvait donc être consommé par la société.

Lola Desguets, la patronne de la petite entreprise de menuiserie qui l'avait recruté était une femme généreuse et bienveillante. Lui, il pensait que la bonté candide, dont elle ne se départait jamais, lui réservait bien des désillusions, d'autant qu'elle n'avait pas choisi une voie facile : une femme à la tête d'une entreprise de menuiserie, c'était rare, elle devait se coltiner un monde d'hommes. Michel avait jadis été un excellent ébéniste, meilleur ouvrier de France en 1994. Il lui en restait bien quelque chose. Aussi s'efforçait-il d'être à la hauteur de la confiance qu'elle lui avait accordée. Toutefois, il ne fallait pas lui demander d'être gentil avec les gens, il ne ferait aucun effort. D'ailleurs si on ne le comprenait quand il causait avec son accent chti, il s'en fichait. Il n'allait pas changer sa manière de parler à cinquante cinq balais.

—Mi, ch'cro pu à rin , se contentait-il d'avancer comme excuse à son caractère d'ours mal léché.

Pourquoi lui avait-elle collé un apprenti dans les pattes ? Lola était certaine que ça lui ferait du bien.

—A qui ? A mi ou à ch'garchon ?
—Aux deux, Michel.
Lola avait annoncé la couleur :
—C'est un pauvre gosse, un cas social. Père barré, mère droguée et dépassée. Tu vois le contexte. Il était dans un centre pour délinquants parce qu'il avait fait des conneries. Là, ses éducateurs essaient de lui faire passer un CAP de menuiserie.

Comment pouvait-on encore former des jeunes à la menuiserie? Tout ce qui se fabriquait en bois venait maintenant de l'étranger. Michel avait accepté de mauvaise grâce. Guidée par sa naïveté et ses grandes idées, Lola devait s'imaginer qu'avec son parcours semé d'échecs, il saurait se montrer indulgent et bienveillant. Lui, il pensait que ça ne marcherait pas.

Le premier jour, Tom se pointa avec une heure de retard. Michel lui parla de ponctualité. Le gamin était teigneux, renfrogné, il n'écoutait pas les consignes ni les conseils. Avec son air buté, il se contentait de cracher son venin et son mépris :

—J'en ai rien à foutre de tout ça. Moi, ça ne m'intéresse pas la menuiserie. J'ai pas envie de ce genre de boulot abrutissant.
—Tu préfères dealer ou voler et te retrouver derrière les barreaux ?

Très vite, ils s'engueulèrent. Ce Tom avait deux mains gauches et un immense poil dans chacune d'elle. Comme le prévoyait Michel, cet apprentissage s'avéra un véritable échec. Encore un ! Pourtant, malgré leurs rugueux échanges à l'atelier, Michel éprouvait une certaine peine à voir ce jeune s'enfermer dans une logique autodestructrice. Il l'imaginait seul, sans horizon. Il ne pensait pas pouvoir grand-chose pour lui mais au moins pouvait-il lui donner un peu de compagnie. Le vieux loup se savait désagréable compagnon mais il se disait que s'ils n'attendaient rien l'un de l'autre, ils pourraient se supporter.
—Où qu't'habites, gamin ?
—Qu'est-ce que ça peut vous faire ?
—Tu veux pas me montrer ?

Tom lui montra son mini studio. Il lui prépara un café et lui dévoila son grand trésor : un nihonto, sabre japonais, dont on pouvait aisément deviner qu'il ne l'avait pas reçu en héritage, ni négocié chez un antiquaire. Le lendemain, Michel l'invita à dîner.

—C'est pas mal chez toi et tu cuisines bien, constata le jeune homme.

Michel l'emmena dans son jardin, un de ces jardins ouvriers, dans lequel il cultivait quelques légumes. Ce potager constituait son petit paradis, il y trouvait une source d'apaisement, c'était le seul endroit où il éprouvait le sentiment d'être en harmonie avec son milieu. Il voulut initier le môme au jardinage. Au bout d'un quart d'heure, Tom déclara forfait : trop dur, trop fatigant. Pourtant, chaque soir, à compter de ce jour, ils se rendaient tous deux au jardin, après le travail. Tom s'asseyait dans un coin et, en silence, il regardait le vieux s'activer à arracher les mauvaises herbes, à arroser, à tailler la haie. Michel avait confié un double de ses clés au gamin, au cas où il aurait besoin de quelque chose.

Mais, un jour, la tempête éclata. Tom avait bousillé plusieurs planches et, au lieu de faire profil bas et d'essayer de rattraper le coup, il incriminait le matériel, le bruit ambiant et les mauvais conseils de Michel. Comme son tuteur le rabrouait, il devint agressif et l'insulta, en faisant allusion à son passé d'alcoolique.

—T'es qu'un niq'doul, ti, t'es eun' brelle. Dégage d'ichi avant que ch'te colle eun' beigne , s'énerva Michel.

Tom était parti et il ne revint pas à l'atelier, les jours suivants. Peu de temps après, Michel, pris de violents vertiges, s'effondra sur le chemin du travail. Il fut hospitalisé. Soins intensifs. La bête était solide. Après quinze jours au rythme des examens, des contrôles et de la rééducation, il s'apprêtait enfin à sortir, quand Vanessa arriverait. Chère Vanessa, agissait-elle par pitié ou par amour ? S'il lui demandait, elle le grondait.

Il ne la vit pas arriver. Elle le serra dans ses bras.
—Tu crois vraiment que la pitié puisse serrer si fort dans les bras, idiot ?

Vanessa l'aida à monter dans la voiture. Sa jambe droite était encore bien raide. Il ne pourrait pas reprendre le boulot de sitôt. Et son jardin ? Quand, elle ouvrit la porte de l'appartement de son père, ils furent surpris par des bruits de casseroles qui s'échappaient de la cuisine.

— Ya quelqu'un chez mi !, s'offusqua Michel.
Tom apparut, tout sourire.
— Je t'ai préparé des carbonades, comme tu m'as montré. Tu adores ça, n'est-ce pas ? Et, avec devine quoi ? Des carottes et des patates du jardin ! Tu as juste loupé la période de la récolte. Alors j'ai pas voulu laisser gâcher ton travail…

Michel, oubliant sa jambe malade, se précipita vers le garçon et l'embrassa. Son vieux cœur usé et cabossé pouvait donc encore être réchauffé.
Vanessa, avec malice, lança à son père :
— Tout raté, tu disais ?

Montreuil, le 9 mai 2020

Notre peine sur les ailes d'un piano

Les blés venaient d'être fauchés et, dans le champ en face, les bottes de foin empilées ressemblaient à des petites maisons. L'année précédente, nous nous étions d'ailleurs amusés à en faire des abris pour nous protéger dans un jeu de bataille aux ballons qui dura plusieurs heures. Le fermier n'avait guère apprécié et nous avait grondés. En cette fin d'été 1998, nous n'envisagions pas de recommencer ce jeu, non par peur du cultivateur mais parce que le cœur n'y était pas. Le lendemain de notre arrivée dans la grande maison familiale où nous passions toujours, tous ensemble – oncles, tantes, cousins, cousines -, la dernière quinzaine des vacances, mon oncle Guy avait succombé à une rupture d'anévrisme. Du fait de l'isolement du hameau, les secours mirent du temps à arriver et Guy ne survécut pas au transfert à l'hôpital. Nicolas, le plus jeune de ses fils, était effondré et je ne savais pas comment rallumer sur son visage l'esquisse d'un sourire. Moi aussi, j'étais triste. Je l'aimais bien, mon oncle. C'était un homme grand, fort, énergique et très expansif. Pour m'entendre pousser des cris de fausse terreur, il prenait une voix bien grave et tonnait :

—Je suis un gros éléphant et toi, une toute petite fourmi rikiki que je vais dévorer !

Et je m'enfuyais, en jouant la fourmi effrayée. En fait, je savais bien que généralement, ce sont plutôt les grosses bêtes qui ont peur des petites. Quand je pensais à cette scène rituelle, les larmes me venaient et je ressentais durement la perte de Tonton Guy. Au jour des obsèques, j'avais pensé au gros éléphant et j'avais pleuré. Avec Nicolas, je m'efforçais de ne surtout pas y penser. Aussi vive que soit ma peine, ce n'était pas pareil que pour Nicolas. Il me suffisait d'imaginer la mort de mon propre père pour envisager la souffrance de mon cousin. Si je me représentais concrètement mon père foudroyé par un mal subit, je me sentais vidée de toute une partie de moi-même, j'éprouvais un violent déchirement, comme si la mort venait s'installer en moi. Pauvre Nicolas ! Sa douleur m'était plus insupportable que le décès de mon oncle.

Je vouais une admiration sans borne à mon cousin. De deux ans mon aîné, il savait nous embarquer dans de captivantes aventures et son ingéniosité pour construire ponts ou barrages sur la rivière, châteaux de branchages ou machines infernales m'impressionnait. S'il n'avait pas été mon cousin, j'aurais voulu me marier avec lui.

Nous venions de sortir de table et mes parents s'apprêtaient à aider ma tante à répondre aux messages de condoléances. La chaleur moite de l'atmosphère incitait à la passivité et les enfants se laissaient gagner par l'ennui. Je proposai à Nicolas d'aller cueillir des mûres et il consentit sans enthousiasme. Nous avons marché une bonne demi-heure sous un de ces soleils gris qui apportent la touffeur sans la lumière. Notre coin à mûres avait été visité, il ne restait plus que celles qui n'étaient pas à point. Nicolas s'assit sur une souche.

—Tu veux pas aller voir la maison abandonnée ? lui proposai-je.

J'étais très attirée par ce lieu à la fois mystérieux et sinistre qui évoquait l'univers de mes lectures. Nicolas taillait un morceau de bois avec son canif, il lui donnait la forme d'un oiseau de proie.

— Non, vas-y, toi. Je préfère rester ici. Je t'attends. Tu n'as pas peur ?

Evidemment, j'étais morte de peur.

—Tu veux rire ?

Je regrettai immédiatement la formule totalement inadaptée à son état. Il se replongea dans son ouvrage et je filais vers l'impressionnante demeure obscure. On l'apercevait de loin mais il fallait, pour s'en approcher, traverser une pâture à vaches et je craignais que, parmi ces bêtes à cornes, ne se cache un taureau qui se précipiterait sur moi, à la vue du dessin rouge sur mon tee-shirt. J'enjambai la clôture et parcourus, à pas de loup, la prairie, en veillant à attirer le moins possible l'attention des bovins. Arrivée devant la bâtisse, je m'approchai, cœur battant, de l'allée qui menait à la massive porte d'entrée.

Soudain, je me figeai. J'entendais très distinctement une musique de piano qui venait de la maison. Dans ma panique, je butai dans un tonneau de métal qui reposait en déséquilibre sur une bordure de l'allée. Le tonneau se renversa dans un fracas épouvantable. Le piano se tut aussitôt. Je m'accroupis derrière la haie, redoutant la colère de quelque nouveau propriétaire venant de racheter les lieux. Lorsque je me relevai, je le vis, à la fenêtre du premier étage, entièrement blanc et comme entouré d'un halo lumineux. Il se dressait en levant les bras. Cette vision me glaça d'effroi : c'était bien un fantôme, errant dans cette vieille bâtisse. Il devait la hanter depuis des siècles et je venais de le déranger. Sans souci des ronces, sans prudence vis-à-vis des vaches, je m'enfuis du plus vite que je pus, retrouver Nicolas qui me délivrerait de ma terreur.

—Je te jure, Nicolas. J'ai vu un fantôme et il jouait du piano.

Résigné, il proposa d'y retourner avec moi afin de me prouver que les fantômes ne sont qu'illusion. Nous nous trouvâmes donc, tous deux, face à ce que je nommais maintenant *le manoir hanté*. La musique n'avait pas repris. Enhardis, nous nous dirigeâmes vers l'entrée, empruntant cette allée où j'avais commis le sacrilège de déranger le fantôme. Je serrais, toutefois, fermement la main de mon cousin. Nicolas poussa la lourde porte qui s'ouvrit sans résistance.

—C'est louche, quand même, de pouvoir entrer comme ça, murmurai-je.

L'obscurité régnait dans le hall, tous les volets étaient fermés.

—Il était en haut. Je l'ai vu par la fenêtre, au-dessus. En haut, les volets sont grands ouverts.

Nous montâmes à l'étage. Nicolas allait me sermonner : *tu vois bien, tu as rêvé. Faut pas t'aventurer toute seule, si ça te met dans des états pareils*. Ce fut précisément à cet instant que nous vîmes, émergeant d'un fauteuil recouvert d'une housse noire, une forme opalescente qui nous arracha un cri de stupeur. Elle avait le teint blafard, comme si elle avait enduit son visage de poudre de riz et portait une ample et longue robe blanche qui lui couvrait tout le corps.

—Vous…vous êtes un fantôme ? osa Nicolas.

Elle sourit, ce qui donna un coup fatal à l'hypothèse du fantôme. Les fantômes ne sourient pas.

—Que faites-vous ici ? se ressaisit mon héros.

—Et vous ? répondit-elle.

—Ma cousine a entendu de la musique.

—Ah, le piano…Oui, je joue pour m'occuper.

—Vous habitez ici ? demandai-je.

—Oui. Enfin, je squatte. C'est dommage, une si grande maison sans personne.

Nous en convînmes même si le mot « squatter » m'était inconnu. Si elle n'avait pas eu le visage si blême et le corps si maigre, elle aurait été belle. Elle devait avoir à peine vingt ans mais elle ressemblait vraiment à un cadavre. Je fis honte à mon cousin avec la question que m'inspira cette impression d'avoir été projetée dans un film de vampires.

—Pourquoi êtes-vous si blanche ?

—Je ne sors pratiquement pas.

—Mais comment vous faites pour vous nourrir ?

—Je mange peu… Le soir, quand personne ne peut me voir, je vais en forêt. J'y trouve des baies, des herbes et je chasse un peu. Il y a aussi un jeune homme, un garçon handicapé, assez sauvage comme moi, il m'apporte parfois des trucs à manger.

Elle se cachait mais jouait du piano et tout le monde pouvait l'entendre : c'était absurde.

—Le piano, je ne peux pas m'en empêcher, ajouta-t-elle comme si elle avait percé à jour nos pensées.

Elle nous emmena dans le grand salon au milieu duquel trônait un magnifique piano à queue. Il devait avoir été recouvert, lui aussi, d'une housse de protection qu'elle avait roulé dans un coin de la pièce. Elle s'y installa et joua, pour nous deux, Chopin, Beethoven, Sibelius… Ses doigts dansaient sur le clavier. Subjugués, nous étions venus nous asseoir à côté d'elle et l'écoutions religieusement, nous laissant gagner par la grâce. Nous oubliions le temps, nous oubliions notre peine. L'enchantement opérait. Elle interpréta alors la mélodie de chansons connues que nous reprenions en cœur. Nous aurions aimé que ces instants durent toujours.

Pourtant il fallait rentrer, quitter notre doux fantôme et son piano magique.

Lorsque nous sommes arrivés chez nous, le soir tombait et les parents s'inquiétaient. Ils s'apprêtaient à appeler la police et partir à notre recherche. La joie de nous retrouver l'emporta sur la contrariété de l'angoisse suscitée. Ils nous firent fête comme si nous venions de traverser les pires épreuves et en sortions indemnes. Nous ne parlâmes ni de la maison abandonnée, ni de la dame blanche, ni du piano. Les jours suivant, notre fantôme avait disparu, les volets étaient tous fermés et la lourde porte résistait. La musique avait définitivement cessé. Nous ne revîmes pas la musicienne en blanc.

A la rentrée, Nicolas et moi, nous avons décidé d'apprendre le piano. Nous nous sommes inscrits au conservatoire.

Aujourd'hui plus de vingt ans après, quand nous saluons le public sous les bravos, après un de nos concerts à quatre mains, il nous semble apercevoir dans l'assistance, une petite femme mince, au visage très pâle, tout de blanc vêtue, qui nous sourit.

Montreuil, le 10 mai 2020

La Ficelle.

Elles s'étaient donné rendez-vous à la crêperie La Ficelle, rue de Bernières, à Caen. A cette époque-là, Isabelle n'avait pas à se soucier des kilos en trop : elle avait vingt ans et, sans être sportive, elle effectuait tous ses déplacements à vélo. Elle aurait volontiers mangé, tous les jours, dans une crêperie. Cependant, même si en cette fin des années quatre-vingts, alors que les restaurants japonais et les tex-mex n'avaient pas encore fleuri à tous les coins de rue, manger des galettes dans une crêperie restait un des plans resto les moins inaccessibles aux petits budgets, il n'était pas question d'aller claquer toute sa fortune en nourriture. La crêperie La Ficelle existe toujours, une trentaine d'années plus tard. A l'époque, le restaurant comportait une petite salle au rez-de-chaussée et une autre à l'étage. Malgré l'étroitesse des lieux, il offrait à ses clients une certaine intimité propice aux confidences ou aux discussions pour refaire le monde. Les galettes y étaient délicieuses et copieuses.

Ce dîner ou, plus exactement, la conversation qui s'épanouit au cœur de ce dîner, constitua un évènement déterminant dans la vie d'Isabelle. On peut dire qu'il y eut avant La Ficelle et après La Ficelle.

Avant, elle avait pourtant déjà vécu des aventures extraordinaires qui auraient pu donner matière à roman. On retiendra seulement une ambulance qui, dans la nuit, filait vers l'hôpital Saint-Antoine de Lille. A l'intérieur, une adolescente de treize ans, brûlante de fièvre et dévorée par une douleur insoutenable, partant de la hanche droite. Depuis plusieurs mois, elle vivait avec la douleur qu'elle théâtralisait pour pouvoir exprimer sa souffrance sans que l'on n'y croie. Depuis dix jours, elle ne pouvait plus ni marcher, ni rien avaler. Les médecins de l'hôpital de Roubaix n'avaient pas trouvé l'origine du mal. Elle ne désirait plus que se débarrasser de cette jambe qui la brûlait et la consumait : *qu'on me coupe la jambe ! Qu'on me coupe la jambe !* Elle se réveilla, branchée à une machine et à des perfusions, la jambe accrochée en l'air par une broche qui lui traversait le genou. Elle se souviendra d'une chambre qui sentait la mandarine; un poster du *Livre de la jungle* était accroché au mur, en face d'elle; des cris d'enfants montaient d'une cour d'école. Une fillette de cinq ans, Mélanie, est morte d'une leucémie, juste à côté. Isabelle restera des mois à l'hôpital, des mois, prisonnière, des mois avec les paroles rassurantes des chirurgiens, contredites par leurs regards trop compatissants, qui trahissaient leurs inquiétudes. Elle déclara, solennellement, pour elle-même :

—Je suis trop jeune pour mourir. Je n'ai encore rien fait. Si je m'en sors, Dieu, j'aiderai les gens et je croirai en Toi.

Dans sa famille, on était athée :

« A comme absolument athée

T comme totalement athée

H comme hermétiquement athée

É accent aigu comme étonnamment athée

E comme entièrement athée »[26]

Isabelle s'en est sortie. Elle s'est efforcée d'aimer les gens et de les aider, plus ou moins bien, comme promis. Elle s'est engagée dans tous les combats qui lui semblaient justes : contre le

---

[26] *« La Crosse en l'air » (1936), dans Paroles (1949), Jacques Prévert*

racisme, contre la misère, pour la paix, pour la solidarité et la justice. En se trompant plus ou moins. De la maladie, il restait l'impression que tout ce qui est vécu est en plus et une capacité à avancer même quand la peur dévore. Mais elle ne crut pas en Dieu.

Huit ans plus tard, elle s'est retrouvée aux côtés de Marie-Thérèse, à la CFDT des Finances de Basse-Normandie. Marie-Thérèse, syndicaliste et profondément croyante, consacrait sa vie à défendre ceux qu'on humilie, ceux qu'on écrase, ceux qui ne comptent pas, « ceux qui ne sont rien » dira un jour le Président Macron. Elle venait de passer le relais à Franck mais restait présente. Isabelle, bien que fondamentalement communiste et portée vers la CGT, avait adhéré à la CFDT, à l'école du Trésor parce qu'il n'y avait pas de CGT et il manquait un nom pour une liste CFDT, faute de quoi, seule FO aurait présenté des candidats et eu des élus. Une fois dedans, elle s'était jetée corps et âme dans l'action syndicale. Quand elle était arrivée à Caen, pour prendre son premier poste, elle avait tout de suite été frappée par la profondeur et la force de l'approche de Marie-Thérèse. Les deux femmes passaient beaucoup de temps ensemble. D'une génération à l'autre, l'envie de transmettre rejoignait le désir de recevoir.

A La Ficelle, elles ont beaucoup parlé. Surtout Isabelle :

—Ce qui m'impressionne, c'est que tu restes sereine, confiante, même quand le combat paraît perdu. Moi, au bout d'un moment, les comportements autoritaristes, les décisions injustes ou encore l'inertie des victimes me mettent hors de moi. Alors je m'énerve. Comment tu fais, toi, pour tenir le coup ? Qu'est-ce qui te permets de ne pas te décourager ? Pourquoi tu parais toujours aussi solide ?

Les questions fusaient. Lorsque leur flot s'interrompit, Marie-Thérèse ménagea un temps de silence. La réponse était simple mais elle exigeait beaucoup d'intériorisation pour la formuler :

—Pour dire vrai, cela ne vient pas de moi, je ne fais rien de spécial et je n'ai rien de spécial. Ma force, c'est de Dieu que je la reçois. J'ai confiance en lui, c'est tout.

Elle ne proposait ni recette, ni technique qui puisse être appliquée par les autres. Franck lui avait aussi demandé quel était *son truc.* Or, sa seule explication résidait en un mot : Jésus. La suite de l'échange fut rude pour Marie-Thérèse car non, décidemment, la réponse ne satisfaisait pas la jeune syndicaliste. Pour elle, la religion n'avait jamais conduit qu'à des guerres et de l'oppression, elle avait justifié la domination des puissants et les dictatures, la religion était *l'opium du peuple.* [27] Elle convoqua, à l'appui de son discours, les Croisades, l'inquisition, la Saint-Barthélemy, la compromission du Pape Pie XII avec Hitler, l'église d'Espagne et le Franquisme,… Elle lançait, à la figure de son amie, toutes les horreurs commises par l'église catholique au cours de l'histoire. Elle évoqua aussi tous ces hypocrites qui se livraient aux pires atrocités et allaient ensuite se racheter une conscience par leurs bondieuseries, ces dames-patronnesses et ces tartuffes. Marie-Thérèse, respectueuse, écoutait sans interrompre. Lorsqu'elle put s'exprimer, elle répondit :

—Les hommes sont capables de toutes les horreurs. Jésus, lui-même en a souffert bien au-delà de ce qu'on peut imaginer et il continue d'en souffrir. Les hommes, en son nom, sont capables du meilleur et du pire aussi. Lui ne déçoit jamais. Tu m'as demandé d'où me vient ma force et ma confiance, je te l'ai dit.

---

[27] *Karl Marx, Introduction à la Contribution à la critique de la philosophie du droit de Hegel (1843)*

Ainsi se déroula le repas, à La Ficelle. Pourquoi Isabelle le considéra-t-elle comme l'instant décisif, au sens photographique du terme ? Sans doute, parce que Marie-Thérèse incarnait ce qu'elle disait : face au déferlement des critiques, elle est restée calme et solide, comme emplie de quelque chose qui la dépassait. Sans doute, aussi, que ce soir-là, tout ce qui faisait obstacle à une écoute de Dieu est tombé : on pouvait croire en Dieu et ne pas entrer dans le cortège de ceux qu'elle voyait comme les ennemis de l'humanité.

A l'issue de cet échange, chacune des deux femmes rentra chez elle, Marie Thérèse, dans le quartier de la Grâce de Dieu[28] et Isabelle, dans son studio, sous les toits, à Vaucelles. La jeune femme vivait, alors, le grand amour avec Franck. Ensemble, ils étaient allés au congrès de Strasbourg et avaient passé quelques jours enchanteurs dans les Vosges enneigées. Cependant, le nouveau secrétaire départemental de la CFDT Trésor était en instance de divorce mais ne savait pas encore vraiment s'il irait jusqu'au bout de la procédure. Voyant la flamme ardente d'Isabelle, il préféra rompre leur relation.

---

[28] *C'est vraiment le nom de son quartier : il se situe au sud ouest de la ville de Caen.*

Cet abandon plongea Isabelle dans un grand désespoir. Dans son chagrin, elle prit une bible qu'elle n'avait encore jamais ouverte. Elle lut au hasard : le récit des Noces de Cana. Le soleil dardait à travers le velux, c'était un de ces soleils d'hiver, rare et désiré par les vivants, en carence de lumière. Comment cette histoire d'eau changée en vin, comment ce Jésus apportant la joie même dans le manque toucha son cœur ? Cela reste un mystère. L'appel devenait plus précis, plus pressant. Isabelle avait des vacances prévues peu après. Elle vécut, comme une retraite, cette semaine en solitaire, dans le Jura. Le calme et la splendeur des forêts profondes favorisèrent l'écoute et le lâcher-prise, le cœur pauvre, dépouillé de ses résistances et disposé à accueillir le tout amour. Au retour, elle confia à Marie-Thérèse son désir de rencontrer un prêtre. Etonnée par le cheminement d'Isabelle depuis la Ficelle, elle lui fit connaître le père Bruno, un prémontré qui deviendra son parrain – Marie-Thérèse sera, quant à elle, sa marraine -. La nouvelle convertie alla régulièrement à l'église Saint-Pierre de Caen où des liens se tissèrent avec les Bertaux qui formeront sa famille d'accueil dans la foi. Pendant un an, elle se prépara au baptême, avec impatience et enthousiasme, avec des hauts et des bas, des moments de renoncement et de doute.

Au jour du baptême, lors de la veillée pascale de 1990, Isabelle proclama sa foi, ainsi :

Je crois que l'Amour de Dieu pour nous est plus fort que la mort. Par sa résurrection, Jésus nous ouvre le passage à la vraie vie.

Je demande le baptême pour vivre ce passage et recevoir ce don unique, pour être renouvelée par le Seigneur et conduite par Lui.

Je crois au Dieu vivant, présent au cœur de nos vies, dans les petites choses du quotidien.

Je crois que là où l'homme souffre, Dieu souffre et là où l'homme est heureux, Dieu est heureux.

Et je crois que la confiance en Lui au fond de la nuit, à l'heure de l'épreuve conduit à la vie éternelle et nous donne de vivre la résurrection.

Je vois mon Seigneur dans l'arc en ciel sur le visage de la collègue de bureau, quand les larmes se transforment en sourire et la peur en confiance.

Je le vois dans la main de Pierrot qui serre la mienne de joie parce que nous avons obtenu l'audience tant espérée et nous allons pouvoir dire la vérité.

Je le vois dans le partage des poissons grillés sur les braseros du piquet de grève, les poissons d'un pauvre heureux de partager.

Jésus est entré dans ma vie par la porte du syndicalisme et je crois qu'il nous appelle au service de l'humilié, de l'opprimé, de l'homme meurtri, notre frère en Jésus Christ.

Je crois que Dieu est père et qu'il sait ce dont nous avons besoin. Le Seigneur me protège quand je suis menacée.

Aux jours de ma maladie, il a mis dans mon cœur l'espérance folle en la vie, envers et contre tous les verdicts de mort.

Aux jours où j'étais accablée, il me couvrait d'Amour et de tendresse.

Le Seigneur sait s'effacer aussi pour que je sois pleinement moi-même.

Je crois que Dieu fait l'homme à son image. En chacun de nous, Il est un trésor unique et merveilleux. Derrière la dureté et l'agressivité, il y a la soif d'Amour infini.

Dans les petits bureaux tout gris et si pauvres d'Amour, la petite flamme brûle en chaque cœur et lorsqu'on la cherche, lorsqu'on la ravive jusqu'à la voir briller dans les yeux de l'autre, c'est tellement beau.

Dans le bus, dans la rue, dans les prisons, partout, nous rencontrons les enfants de Dieu. Alors quand ils viennent à nous tout brisés, tout cassés, avant tout, je pense très fort « Tu es Aimé de Dieu ».

Je crois que nos limites sont le lieu de la rencontre : Heureux les pauvres.

Le Seigneur aime ses fils prodigues. Les grâces dont il me comble depuis que je me suis tournée vers Lui en sont un signe.

Je crois que Dieu vient nous habiter par l'Esprit Saint.

Je désire ardemment que sa volonté s'accomplisse en moi car c'est une volonté d'Amour. Chaque fois que je me laisse guider par son Esprit, sa joie se lit sur mon visage.

Je crois que c'est l'Esprit Saint qui fait se lever les peuples, se réconcilier les frères ennemis et tomber les murs.

Je crois en l'Eglise, communauté de frères et de sœurs avec lesquels se sont construites des relations fondées sur le roc car enracinées dans l'Amour de Jésus Christ.

Je crois que quand nous prions ensemble, nous sommes plus forts que toutes les armées de la terre car Il est présent au milieu de nous.

De Saint Pierre de Caen à Taizé, de l'Ecosse à la Pologne, j'ai vu l'Eglise aux mille visages et je suis heureuse de lui appartenir.

Je crois que dans chaque eucharistie, Dieu se donne à nous et Il nous fait ainsi grandir en Lui.

Je crois que Marie, la maman de Jésus, est notre mère à tous et que sa discrète présence à nos côtés est à la fois force et tendresse.

Je crois que si le Seigneur ne bâtit la maison, les bâtisseurs travaillent en vain.

Je crois que TOI JESUS, TU ES TOUT.

Montreuil, le 23 mai 2020

Table des matières

Première partie- Les temps du confinement 7

    Corona conte 9

    Confiné à mort 21

    Après 29

    Sans protection, sans compassion 37

    Le côté obscur 47

Deuxième partie – Les temps de lutte 55

    SMN 1993 57

    Qui es-tu, Kristina ? 65

    Respire, Asma ! 75

    Aller – retour 83

La collection 89

Evasion en boucle. 93

Troisième partie – Le temps des commencements 101

Papillon jaune.. 103

Premier rendez-vous..................................... 111

L'apprenti 119

Notre peine sur les ailes d'un piano 127

La Ficelle... 135